愛という名の足枷

アン・メイザー 作
深山 咲 訳

ハーレクイン・ロマンス
東京・ロンドン・トロント・パリ・ニューヨーク・アムステルダム
ハンブルク・ストックホルム・ミラノ・シドニー・マドリッド・ワルシャワ
ブダペスト・リオデジャネイロ・ルクセンブルク・フリブール・ムンバイ

MORELLI'S MISTRESS

by Anne Mather

Published by Harlequin Japan,
a Division of K.K. HarperCollins Japan, 2025

アン・メイザー

　イングランド北部の町に生まれ、現在は息子と娘、2人のかわいい孫がいる。自分が読みたいと思うような物語を書く、というのが彼女の信念。ハーレクイン・ロマンスに登場する前から作家として活躍していたが、このシリーズによって、一躍国際的な名声を得た。他のベストセラー作家から「彼女に憧れて作家になった」と言われるほどの伝説的な存在。

主要登場人物

アビー・レイシー……………カフェ兼書店店主。
アナベル・レイシー…………アビーの母親。故人。
ハリー・ローレンス…………アビーの元夫。
ローリー・イエーツ…………アビーの友人。
ルーク・モレリ………………不動産開発会社社長。
オリヴァー・モレリ…………ルークの父親。
フェリックス・レイドロー…ルークの友人。専属運転手。
レイ・カーペンター…………ルークの元共同経営者。
アンジェリカ・ライアン……ルークの秘書。
ミセス・ウェブ………………モレリ家の家政婦。

プロローグ

五年前

ワインバーに入ってすぐに、ルークはその女性に気づいた。

彼女はバーカウンターのスツールに腰かけ、手元にカクテルを置いていた。グラスの縁にフルーツが飾られ、中に小さなパラソルが立てかけられたカクテルだ。

飲み物はほとんど減っていない。彼女はただそこに座り、超満員の店にあふれる騒々しい話し声やさらに騒々しい音楽さえ無視して、ぼんやりと虚空を見つめている。

「おお、いい女だな！」あとから店に入ってきたレイ・カーペンターもすぐに彼女に気づき、隣に立ってルークの肩に腕を回した。「一人かな？　いや、あんなきれいな女性が自分で飲み物を買うはずがない」

「そうか？」

こんな会話はしたくない。レイが一緒でなければよかったのにと、ルークは今夜初めて思った。だが、二人は最新の開発計画を完成させたところで、飲みに行こうというレイの誘いを断るわけにいかなかった。

折りしも、その女性が二人のほうに顔を向けた。少なくともルークはこちらを見たと確信した。彼女の視線がルークの目を通り過ぎることはなく、二人はただ見つめ合った。一瞬、心臓がとまりそうになった。それからルークはレイの腕を振り払い、彼女に近づいていった。

彼女は美人で、膝のところで組まれた細く長い脚から判断して、かなり背が高そうだ。卵形の顔、高くまっすぐな鼻、そして、ほとんどの女性が夢に描くしかない魅惑的な唇が見て取れた。

髪はプラチナブロンド。黒いビスチェの上に薄いショールをはおっている。黒のストッキングに包まれた脚が赤いミニスカートから伸び、ハイヒールに吸いこまれていた。

ルークは彼女のそばで足をとめ、声をかけた。「やあ。一杯ごちそうしてもいいかな？」

再びぼんやりと店内を眺めていた彼女は、ルークのほうを見ずにグラスを持ちあげた。

「飲み物ならあるわ」

「そうか」

隣の椅子が空いていればさりげなく引き寄せて座れるのにと、ルークは思った。だが、彼女の隣の男は飲みすぎたらしく、ひとかかえもあるビール瓶の上に突っ伏している。

「一人かい？」

彼女はちらりとルークを見あげ、にべもな

く言った。「いいえ、彼女たちと一緒よ」狭いダンスフロアで踊る女性たちのグループを手ぶりで示す。「女だけのパーティなの」そう言い添え、無造作に肩をすくめた。

「君は踊りたくなかったのか？」

「ええ」彼女はパラソルを片側に寄せ、カクテルをひと口飲んだ。「私は踊らないの」

「踊らない？　それとも、踊りたくない？」ルークが尋ねると、彼女はため息をついた。

「踊るような気分じゃないの」グラスを見つめたまま答えた。「ねえ、誰かほかの人と話したら？　ここにいても楽しくないと思うわ。私は座をしらけさせてしまうタイプだから」

ルークは顔をゆがめた。「君がそう言うのなら、そうなんだろうな」それから指を鳴らしてバーテンダーを呼び、自分にビールを、レイにモヒートを注文した。「向こうにいる男だ」すでに一緒に過ごす相手を見つけたらしいレイを指さす。そのあとビールが運ばれてくると、いっきに半分ほど飲みほした。

「ああ、これが必要だったんだ」

彼女は知らん顔をしていたが、ちょうどそのとき、隣に座っていた男が大きなげっぷをして立ちあがり、よろよろと行ってしまった。

ルークはさっそく空いた椅子に腰を下ろした。「いいかな？」穏やかに尋ねると、彼女がとがめるような視線をよこした。

「ここは自由の国よ」そう言ってから、まるで今しがたの態度を後悔するかのようにつけ加えた。「よかったわ、さっきの人がいなくなって」それからまた考えを改めたように言った。「あの人、大丈夫かしら？」

「たぶんね」ルークはにやりとした。すると驚いたことに彼女も笑みを返した。「本当に飲み物のお代わりはいらないのかい？」

「そうね、じゃあ、白ワインを」彼女がカクテルのグラスを押しやったとき、ルークは彼女の左手の指輪に気がついた。だが、つけているのは中指だ。「リズにつけさせられたの。私の指輪じゃないわ」

「リズというのは？」

「今夜の主役よ。今日は彼女の独身最後のパーティなの」彼女がしかめっ面をした。「ほら、向こうにいる女性――兎《うさぎ》の耳をつけて、チュチュをはいている女性がリズよ」

ルークは眉間にしわを寄せた。「うっかり見逃していたよ」バーテンダーがまた現れると、彼はシャルドネのグラスを注文した。「ところで、僕はルーク・モレリだ。君の名前は？」

「ア……アナベルよ」答える前に彼女が一瞬ためらうのを見て、本当は違う名前なのではないかとルークは思った。ワインが運ばれてくると、彼女はそれをひと口飲んで目を輝かせた。「ああ、これはいいわ」

ルークもそう思ったが、ビールのことでは

なかった。こんなふうにたちまち女性に惹《ひ》かれたのは久しぶりだ。

「君のことを話してくれ」ルークは言った。

「ロンドンで働いているのかい？」

「大学で研究をしているの」彼女が答えた。

「あなたは？」そして、ルークの引きしまった筋肉質の体と紺色のスーツをしげしげと見た。「証券取引所で働いているのかしら？　そんなふうに見えるけど」

「僕は……地方公務員なんだ」ルークは答えながら、自分たちが今まかされている仕事は州議会の新しいオフィスの建設だと心の中で言い訳した。「がっかりさせてすまない」

「あら、そんなことないわ」彼女がほほえんだ。「実はほっとしているの。みんな証券取引所を神聖な場所のように思いすぎよ」

「僕は違う」ルークはきっぱりと言った。

「それで、仕事以外の時間は何をしているの？」彼女が尋ね、二人はそれからしばらくスポーツをするのと映画を見るのではどちらがいいか論じ合った。実際のところ、ルークはどちらも好きだったが、ただ賛成するより議論するほうが楽しかった。


存分に飲み、踊り疲れた友人たちが戻ってきたとき、アビーはもう少しでがっかりしそうになった。

こんなに楽しい時間を過ごしたのは久しぶ

りだった。最近はハリーを車で送り迎えするとき以外、ほとんど外出していない。

ハリー・ローレンスと出会ったのは友人の結婚式だった。彼とつき合いはじめたとき、自分は世界一幸運な女性だと思った。彼と一緒にいると、特別な女性になったように感じた。彼は高価なプレゼントでアビーの歓心を買い、シングルファザーが一人娘をかわいがるように彼女を大事にしてくれた。

だが、結婚すると態度が一変した。ただ、ハリーは他人、とくにアビーの母親がそばにいるときは結婚前と変わらずふるまった。

アビーは結婚してすぐに、どこで何をしていたのかハリーに尋ねてはいけないことを学んだ。別の女性に会っているのではないかと疑っていたが、愚かにもそう問いただすと、彼は烈火のごとく怒りだした。

離婚すべきだとわかっていた。もし暴力を振るわれたら別れようと、ずっと思っていた。だが二年前、離婚の申し立てについて真剣に考えていたとき、母親が病気になった。

アナベル・レイシーの容態はしだいに悪化し、二十四時間の看護が必要になった。特別な施設に入らなくてはならず、それは証券取引所で働いて高給を得ているハリーの援助なしには不可能だった。

そのとき、アビーは悟った。母親が元気になるまで私の人生は保留だと……。

「そろそろ行きましょう」リズ・フィリップスの声で、アビーは現実に引き戻された。リズはアビーの隣に座っている男性をうっとり見つめている。「こちらはどなた?」

「ええと……ルークよ」アビーはぎこちなく紹介した。

ルークが礼儀正しくスツールを下りた。

「よろしく」そして、リズにほほえみかけた。

「こちらこそ」リズは彼に媚《こ》びるような視線を向けた。「これから〈ブルー・パロット〉へ行くんだけど、二人も一緒にどう?」

アビーもスツールを下り、短いスカートを撫《な》でつけた。「私はやめておくわ。かまわなければ、そろそろ帰りたいんだけれど」

リズの視線が再びルークへ向かった。「しかたないわね。彼はものすごくすてきだもの!」

「リズ!」アビーはきまり悪くなって制止したが、リズは聞いていなかった。

「こんばんは。私はアマンダよ」別の友人が割りこんできて、熱心に言った。「アブスがあなたのことを黙っていたのも当然ね」

「そんなんじゃないわ。だって……」アビーはうろたえてルークを見た。「私たち、さっき会ったばかりなのよ」

「つまり、彼女は僕がここに来るのを知らなかったということだ」ルークがさらりと言い直した。「せっかくばったり会えたんだから、彼女を家まで送っていってもいいだろう?」

「ええ、もちろん。ラッキーね、アブス」また別の女性が言い、意味ありげにほほえんだ。

友人たちがさらに冷やかしの言葉をかけてから店を出ていくと、アビーは不安そうに周囲を見まわした。

「なぜ私たちがつき合っているような言い方をしたの?」鋭い口調で言い、スツールの足のせ台に置いていたハンドバッグを取ろうとした。「知り合いでもなんでもないのに」

「今から知り合えばいい」ルークが答え、足のせ台に引っかかったバッグのストラップをはずしているアビーを手伝った。そのとき二人の手が軽く触れ合い、彼女の腕を電流のような衝撃が走った。「さあ、車で家まで送るよ。せめてそれくらいさせてくれ」

「私が車で来ていないとどうしてわかるの?」アビーが反論すると、彼は物憂げに眉をつりあげた。

「車なのかい?」

「いいえ」

「じゃあ、なぜ突っかかるんだ? 僕は泥棒でも変質者でもないと誓うよ」

「それで、私はあなたの言葉を素直に信じることになっているの?」

アビーはルークの顔を見あげた。リズの言うとおり、彼はものすごくすてきだ。引きしまった長身、黒い髪、浅黒い肌。あまり見かけない黄褐色の瞳は今、興味深げに彼女を品定めしている。

「向こうにいる僕の友人にきいてみればいい」ルークが言い、さっき飲み物を届けさせた男性を手ぶりで示した。

「彼は賛成しないんじゃない？」アビーはそっけなく言ったが、それからあきらめたように肩をすくめた。「わかったわ、コートを取ってくるから」

「引き替え札を渡してくれ。僕が取ってくる」ルークが言った。

実は裏口からこっそり抜け出そうと考えていたアビーは完全に観念し、ため息をついた。

1

アビーは焼きあがったブルーベリーマフィンをオーブンから取り出し、おいしそうな匂いをかぎながらトレイをカウンターに置いた。

それから冷却用トレイにマフィンを移し、コーヒーマシンに水が入っていることを確認した。先に焼いたスコーンはバスケットに移すのを待つばかりになっている。

カップケーキも焼かなくてはならないが、生地の準備はできている。あとは小さなカップに生地を分け、オーブンに入れるだけだ。

いつから焼き菓子を作るのがこんなに好きになったのだろう？　ハリーと結婚していたころは違った。それは確かだ。

あのころは自由になる時間のすべてを仕事に費やし、自力で母親と生活していける日のために貯金をしていた。

残念ながら、その日が来ることはなかったけれど。

アビーはため息をついた。

にもかかわらず、周囲を見まわすと心地よい満足感がこみあげてきた。この町で始めたカフェを――書店を併設した小さなカフェを、母もきっと気に入ったに違いない。アビーはせつない気持ちでそう思った。だが、母は療養施設に入ってから二年後、筋萎縮性側索硬化症で亡くなった。

以前、年配の姉妹が経営していたこのカフェをアビーが見つけたのは、インターネットで情報を集めていたときだった。それまではロンドンから引っ越すなんてまったくの夢物語だったのに、アシュフォード・セント・ジェームズにあるカフェが借り主を募集していると知ると、そこへ移るのはすばらしい考えに思えた。しかも店の階上に居住スペースがあるとわかり、即座に賃貸を申しこんだ。

そのあとハリーとの離婚が確定し、アビーはピノ・ノワールのボトルを買って一人でお祝いをした。そして、ハリーの家を出てから住んでいた部屋の荷物をまとめ、母親の飼っていたゴールデンレトリーバーのハーレーと一緒にこのウィルトシャーの小さな町へ移ってきた。

カフェの所有者であるミスター・ギフォードは、内装をモダンにしたいというアビーの希望を受け入れてくれた。彼女はなけなしの貯金をはたき、店を改装した。おかげで今のカフェには以前の垢抜《あか》けないティールームの面影はまったくない。

当初、アビーは卸売り業者からケーキやペストリーを買い、コーヒーと一緒に提供していた。だがある日、自分でマフィンを作って出してみると評判は上々で、それ以来自作の菓子を使うことにした。

ただ、カフェはそれほど利益が上がらないこともわかった。だから以前の経営者もあきらめざるをえなかったのだろう。常連客がついたとしても、アシュフォード・セント・ジェームズには観光客があまり来ないのだ。

書店を併設することを思いついたのはそれが理由だった。このあたりは老人が多く、バースの書店まで行くのを面倒だと思っている。コーヒーを飲みに出かけたついでに書棚を見てまわれれば楽なのだ。今、カフェを利用している独身男性の多くも、ベストセラーを買えるというもう一つの魅力がなければ通ってはくれなかったに違いない。

ぼこぼこ音をたてているイタリア製の巨大なコーヒーマシンを離れ、アビーは小さな書店へ入っていった。

書店はこの町に住むローリーという女性に手伝ってもらっている。小学生の娘を学校へ送ったあと、九時からここで働くのだ。

今のところどこもかも静かだった。アビーは棚の間をのんびり歩きながら、違う場所に置かれた本を元に戻し、整った棚を満足げに眺めた。

そのとき店のドアを勢いよくたたく音がして、平和なひとときが破られた。腕時計に目をやると、まだ七時前だ。店は七時半までは開けない。

緊急事態に違いないと、アビーは思った。でも、どんな緊急事態なのかは想像もつかない。ハーレーがどうにかして階上の部屋を抜け出し、小さな田舎町の通りをさまよっているところを発見されたのでもない限りは。

もしそうなら、確かに緊急事態だわ！

ルーク・モレリはアパートメントの半地下にある目下の恋人の部屋を出ると、通りへ続く階段をのぼった。

グロヴナー・ミューズは寒かったが、安堵《あんど》のため息が出た。この二週間ほどデートをしている女性に、今朝は会議があると言ったのは嘘《うそ》ではない。だから彼女の頼みに応じてボーンマスでの撮影に車で送っていくことはできないと言ったのも。

そもそも、彼女は恋に真剣になりすぎていた。ルークは女性と二週間以上つき合うことはない。ときおりそういう自分の行動を顧みると、その原因は幼いころに母親が父親を捨てて出ていったことにありそうに思えた。妻の裏切りに打ちのめされているオリヴァー・モレリを見て、心に決めたのだ。自分は絶対に父と同じような目にはあうまいと。

実際、女性に心を奪われたことは一度もない。記憶にとどめるほどでもない、ある夜を除いては。

ルークはグロヴナー・ミューズを離れ、テムズ川沿いの道を歩きだした。美しい朝だ。春の気配が空気にはっきりと感じられる。

カナリー・ワーフにあるモレリ社の本社は、レイ・カーペンターと事業を始めた当初のコヴェント・ガーデンの小さなオフィスとは似ても似つかない。レイはだいぶ前に会社を去った。仕事の一部を分担し、オーストラリアへ移住したのだ。去年訪ねたときはうまくいっているようだった。だが、レイが悪意のない嫉妬をにじませて言っていたように、ルークは今や彼の手の届かない世界に住んでいた。

本社が入っているジェイコブズ・タワーは、金融街でもひときわ目立つ場所にあった。ほかのフロアにはいくつか別の会社が入っていて、一階から三階までは有名な高級ホテルチェーンの分館になっている。

ルークのオフィスはペントハウスにあり、ときにはその隣の自分のアパートメントも使う。だが、ベルグレーヴィアにも優雅なジョージ王朝風の屋敷がある。ロンドンの住宅価格が急騰する前に購入したのだ。

週に一度の重役会議に出席したあと、ルークは秘書に、今日はこれから外出して戻らないと伝えた。「ウィルトシャーへ行って、アシュフォード・セント・ジェームズの地所をもう一度見てくる」デスクの上の必要なファイルを集めながら言った。「それに、父の家にも寄ることにした。ギフォードが亡くなったときに弁護士のオフィスで会って以来、顔を見ていないから」

「承知しました、ミスター・モレリ」有能な秘書のアンジェリカ・ライアンがうなずいた。彼女は五十代で、もう十年もルークの下で働いている。「明日は戻られますか?」

「そのつもりだ」ルークは皮肉っぽく顔をゆがめた。「もし何かあったら知らせるよ」

ノックの音がやまず、アビーは書店を離れて急いでカフェの入口へ行った。だが、ガラスのドアの向こうにグレッグ・ヒューズの姿が見えると、心が沈んだ。

グレッグ・ヒューズは隣の写真館の店主だ。かつては繁盛していたのだろうが、最近はアマチュア写真家がふえ、携帯電話にもカメラがついているから、写真館の経営がどうして成り立っているのか不思議だった。

残念ながら、グレッグのことは好きではない。引っ越してきた当初は好きになろうと努めたが、そのうち彼が口ばかりうまいタイプだと気づいた。しかもいつでもアビーのプライバシーを知りたがる。

ハーレーもグレッグが好きではない。ふだんはとても穏やかな犬なのに、彼が店に入ってくるといつもうなり声をあげる。

「グレッグ？」アビーはさぐるように尋ねた。「何かあったの？」

「ああ、重大なことがね」グレッグがいらだたしげに言った。「今日の郵便を見ていないのかい？」

アビーは眉をひそめた。「郵便はまだ来ていないわ」そう言いながら、外に立たせたままでは悪いと思い、グレッグを中に招き入れた。こんな朝早くから彼の息は強烈な大蒜《にんにく》の匂いがして、不愉快になった。

「じゃあ、昨日の郵便は目を通したのか？」グレッグが詰問口調で尋ねた。太った体を怒りに震わせている。「気づいていただろうが、僕は昨日工芸フェアに出かけていて、今朝まで郵便受けを見ていなかったんだ」

アビーはため息をつき、写真館が閉まっていたのには気づかなかったという言葉をどうにかのみこんだ。写真館はほとんど客が来ないから、いつ開いていて、いつ閉まっているのかよくわからない。それに本当のところ、アビーは毎日届く請求書やちらしの束のすべてに目を通してはいなかった。

「郵便物を見るのは忘れていたわ」グレッグがなぜそんなに怒っているのかわからず、アビーは言った。「コーヒーを飲む?」

「ああ、ありがとう」グレッグはアビーの言葉を真に受けてさっさと窓際のテーブルにつき、ずうずうしくコーヒーを待った。そして、自分の好みに合わせてミルクと砂糖を入れてから言った。「じゃあ、君はギフォードが死んで、彼の息子がこの五軒の店を含む地所を開発業者に売りに出したという話を聞いていないんだね」

アビーはあんぐりと口を開けた。「聞いていないわ」信じがたい思いでグレッグを見つめる。「ギフォードはいつ亡くなったの?」

「最近らしい。僕は三カ月くらい前に町で会った」

アビーはかぶりを振った。「彼の息子さんにそんなことができるの? だって私は賃貸契約を交わしているのよ」

「期限はいつまでだい?」

「半年後よ。でも、延長するつもりだった

アビーは顔を曇らせた。「そうしてくれると思う？」

「いや」グレッグは不機嫌そうに言った。「開発業者が計画を撤回するのと同じくらい可能性は低いだろう」

アビーは首の後ろで両手を組み、しばらく店の中をうろうろ歩きまわった。それから再びグレッグのほうを向いた。「どこの会社が開発を請け負うのか知っている？」

「どうしてだい？　連中の良心に訴えようと本気で思っているのか？」

「もちろん違うわ」アビーはいらだって言った。「興味があるだけよ。アシュフォード・セント・ジェームズは産業の中心地というわわ」

「みんなそうだ」グレッグが険しい口調で言った。「だが、延長はできそうにない」

アビーは暗い気持ちになった。「ここは私の店であると同時に家でもあるのに」

「知っているよ」グレッグは口いっぱいにコーヒーを含み、飲みこんだ。「ああ、うまい」

こんなことになったのが信じられない。

「私たちに何かできることがあるかしら？」

「まだよく考えていないが」グレッグはもうひと口コーヒーを飲んだ。「まずはほかの店主たちと話をしないと。それからマーティン・ギフォードに連絡して、賃貸料を上げることで手を打ってくれないかきいてみよう」

けではないから」

「ああ、だが、ここにはまともなスーパーマーケットがない。さっき読んだ弁護士の手紙によると、スーパーマーケットを造り、その上を賃貸アパートメントにする計画らしい」

アビーはうんざりしてため息をついた。

「そのアパートメントには私たちも住ませてもらえるのかしら？　もちろん割引料金で」

「僕は必要ないがね」グレッグが少し自慢げに言った。「不動産が安かったころに、たいして大きくはないが一軒家を買ったんだ」一瞬、言葉がとぎれた。「住む場所が見つかるまで僕のところにいてもいいよ、アビー。君にはモレリ社が請求する家賃を払う余裕はないだろう」

アビーは息をつまらせたあと、こわばった声で尋ねた。「モレリ社ですって？」

「ああ」グレッグが眉をひそめた。「知っているのか？」

「知っているわ……名前くらいは」アビーは吐き気がこみあげるのを感じた。

同時にある考えが頭に浮かんだ。ああ、なんてこと、ルーク・モレリは私がここで店を開いていることを知っているのかしら？　私への復讐《ふくしゆう》のためにこの開発を進めているの？

五年前

アビーは横たわったまま、カーテン越しに差しこむ街灯の光をぼんやりと見つめていた。ハリーはいつものように所有欲をむき出しにして彼女を抱いたあと、隣で穏やかに寝息をたてている。

ハリーに怒りをぶつけられたのは完全に予想外だった。妻がどこへ行くか、誰と一緒にいるか、彼は知っていたのだ。それなのにアビーが家に帰ったとたん、楽しかった夜をだいなしにした。

アパートメントの居間に足を踏み入れてすぐに、アビーは夫の機嫌の悪さに気づいた。

「どこへ行っていた？」ハリーが詰問口調で尋ね、彼女のショルダーバッグのストラップをつかんでぐいと引き寄せた。

「知っているでしょう」アビーはよろめきつつも、ひるんだところを見せまいとして言った。「今夜はリズの独身最後のパーティだったのよ。あなたが行けと言ったんじゃないの」

「君の母親に、君をないがしろにしていると文句を言われたくなかっただけだ」ハリーが言い返し、アビーに顔を近づけた。「アルコールの匂いがするな。何杯飲んだんだ？」

「一杯だけよ」アビーは身構えた。試してみただけのカクテルはあえて数に入れなかった。

「グラスワインを一杯。あなたにはとてもかなわないでしょう?」

ハリーが振りあげた手を、アビーはかろうじてよけた。「僕に向かってそんな口をきくな」彼のどなり声を聞きながら、いつまでこんな生活を続けられるのかと思わずにいられなかった。「礼儀正しく質問されたら、礼儀正しく答えるものだ。それとも、君がどんなに恩知らずな女か、ママにばらしてほしいのか?」

アビーはバッグをもぎ取った。具合の悪い母親に夫婦のもめ事を話せるはずがない。ハリーもそれを知っている。だから自分の思いどおりに事を運ぶためにいつも母親の病気を引き合いに出すのだ。

いずれにせよ、こんなに機嫌の悪いハリーに理を説いても無駄だ。それに正直なところ、アビーも後ろめたさを感じていた。やはりルーク・モレリに送ってもらったりするべきではなかった。

でも、何も悪いことはしていない。それに今夜だけは、自分と一緒にいて楽しそうな男性と話ができてとてもいい気分だった。

「それで、どこへ行ったんだ?」

「〈パーカー・ハウス〉よ」ドアに向かう途中で、アビーはワインバーの名前を告げた。

「出かける前に言ったじゃないの」

「ほかにはどこも行かなかったのか?」

「あの……ええ」アビーは一瞬ためらった。

それが間違いだった。

「どこかへ行ったんだな」ハリーはすぐに彼女のそばに来た。「なのに君は話そうとしない。なぜだ？」

アビーは頬が赤くならないよう願った。

「私はほかの場所へは行っていないわ。みんなは〈ブルー・パロット〉へ行ったけど、私は行かなかったの」

「どうして？〈パーカー・ハウス〉でもっと興味をそそられる誰かを見つけたのか？」

ハリーの目がアビーの目をじっと見すえた。

「もしほかの男と一緒だったなら――」

「違うわ」だが、アビーは体が震えているのを感じた。「疲れていただけよ。家に帰りたかったの」

「どうやって帰ってきたんだ？みんなでマイクロバスをチャーターしたんだろう？」

「ええ」アビーはごくりと唾をのみこんだ。

「私は……タクシーを呼んだの」

「それはいい考えだったな」ハリーはアビーの手首をつかんで引き寄せ、厚い唇を彼女の首にすりつけた。「僕も疲れたよ、ベイビー」そうささやき、当然のようにアビーの胸をまさぐった。「ベッドへ行こうか？」

ルーク・モレリはノートパソコンの前に座り、ロンドンの大学を一覧表にまとめたサイトをじっと見つめていた。

大学は数十もある。しかも、さがしている女性がどんな研究をしているのかまったくわからない。

ルークは顔をしかめた。ワインバーでアナベルに出会い、車で家まで送ってから、一週間が過ぎた。なぜかわからないが、いまだに彼女のことを頭から追い出せずにいる。こちらの電話番号を教えたのに彼女が連絡をよこさないことに、ひどくいらだっている。

確かなのは、彼女がどこかの大学で働いているということだけだ。そして、彼女の名前がアナベルだということ。もっとも、それには疑問の余地がある。友人たちは彼女のことを〝アブス〟と呼んでいた。愛称がアブスなら、名前はアビゲイルかアビーだろう。

またあの店に行けば会えるかもしれないが、彼女はしょっちゅうバーに来るような女性には見えなかった。車で送っていったアパートメントは覚えているが、あそこには四十ほどの世帯が住んでいるだろうし、彼女の姓も知らない。

ルークはため息をついた。正直なところ、あの女性のどこに興味をそそられているのか自分でもわからない。確かに彼女は魅力的だった。背が高くほっそりしていて、プラチナブロンドの髪を肩までまっすぐ下ろしていた。だが、美しい女性ならたくさん知っている。だからそれが理由ではない。

そのとき、レイ・カーペンターがオフィスに入ってきて、ルークの背後で足をとめた。

「何をしているんだ?」そう尋ね、ルークの肩越しにパソコンの画面をのぞきこむ。

「やめてくれ」ルークはいらだって共同経営者を振り返った。「ちょっと確認したいことがあっただけだ」

「大学のリストか」レイが抜け目なく言った。「この前の晩に送っていった女性は大学で働いていると言っていたな」

ルークは口元をこわばらせた。「だったらなんだというんだ?」

「彼女に連絡を取ろうとしているんだろう。どこの大学で働いているんだい?」

ルークの顔がさらに険しくなった。「知らない」

レイが鼻を鳴らした。「だが、どこに住んでいるかは知っているはずだ」

「建物は知っているが、部屋は知らない」

「居住者リストを見に行けばいい。ロビーに掲示してあるはずだ」

「そうだな」

ルークはノートパソコンを閉じた。彼女の姓さえ知らないとは言いたくなかった。

あの晩は彼女の感情を害したくなくて、おやすみのキスさえしなかった。

だが、本当はしたかった。信じられないほどセクシーなあの唇にキスしたくてたまらなかった。それに彼女はとてもいい香りがした。女らしいその香りは、彼女を降ろしたあとも車の中に漂っていた。ああ、僕はすっかり彼女に魅了されている。こんなことは初めてだ。

ありがたいことに、レイはきっぱりとその話を打ちきり、現在二人が取り組んでいるプロジェクトに話題を移した。今日、レイはミルトン・キーンズの現場を見に行っていた。ルークはその間、買収予定の物件について不動産業者と打ち合わせをしていた。

コヴェント・ガーデンのオフィスは手狭になりつつある。ルークとレイが共同で営む開発会社には建築士や設計士、会計士、営業や事務のスタッフもいるから、もっと広いオフィスが必要だ。買収予定の荒れ果てたビルを自分たちの必要に合わせて修繕したいと話しているうちに、わくわくしてきて気がまぎれた。

だが、その夜オフィスを出ると、チェルシーへ向かわずにいられなかった。ヴォクスホール・ブリッジを渡りながら、アナベルが住んでいる地区は高級住宅地に分類されることにふと気づいた。彼女は僕が思ったより裕福で、だから電話してこなかったのだろうか？あるいは、あの晩一緒だった女性たちの誰かと共同で部屋を借りているのか？

だとしたら、彼女の住所を知るのはいっそうむずかしくなる。

アビーは居間の窓辺に立ち、ガラスを伝う雨を見ていた。まだ夕方だが外はすでに暗く、低く垂れこめた雲から落ちてくる雨が高級アパートメントを囲む手入れの行き届いた生け垣を濡《ぬ》らしている。

ハリーからは遅くなると電話があったが、アビーはその言葉をうのみにはしなかった。前にもそういう電話をしてきて、ほんの三十分後に帰ってきたことがあったからだ。

先に夕食をとるようにとハリーに言われたが、チキンのキャセロールはまだオーブンに入れたままになっている。おなかはすいていない。最近はほとんど空腹を感じないのだ。

アパートメントの敷地にその車が入ってきたとき、アビーはすぐに気づいた。

まるで持ち主のように力強い、流線型の特徴的な車だ。敷地内に入ってきて自動点灯する投光照明灯の下にとまると、ダークグリーンの車体が見えた。

どうしてあれがルーク・モレリの車だとわかるの？　ただそんな気がしただけ。でも、第六感がこれはトラブルのもとだと警告している。

どうすればいい？　大丈夫、パニックを起こす必要はないわ。彼は私の名前さえ知らないのだから。でも、あの晩、彼が私を降ろしたあと〈ブルー・パロット〉へ行き、リズたちから私の名前を聞き出していたら？　もちろんそんなことはあるはずないし、彼が私に興味を持つと思うなんて自惚《うぬぼ》れている。それでも、思いきって危険を冒してみる？

いいえ！

アビーはスチールとクロームの家具が置かれた居間をちらりと振り返った。ここでの暮らしがどんなにつらいか、ルークはわかってくれるだろうか？　なぜ私がここにいなくてはならないか、理解してくれるだろうか？　私を愛してもいない、それなのに私を支配して楽しんでいる男性の言いなりになっている理由を。自分では費用を払えない高額治療を母に受けさせるためにここにいることを。

たぶん無理だろう。だったら今すぐ彼を追い払わなくては。

アビーはジャケットをつかんで玄関へ行き、ブーツに足を押しこんだ。それから鏡に映る自分の姿をちらりと見た。黒のベルベットの部屋着で十月の夜に外へ出るのは寒いだろう。雨が降っていて傘を持たないとなると、なおさらだ。でも、着替えている暇はない。

六階の部屋を出てエレベーターに乗りこむと、アビーはハリーが早く帰ってこないことを祈った。妻がロビーで見知らぬ男性と話しているのを見たらどんな反応を示すか、容易に想像がつく。

ロビーに出たものの、ハリーの姿もルー

ク・モレリの姿も見えず、アビーはほっとした。私の勘違いだったのかしら？　ルークは私には関係のない理由でここにいたの？　そもそもあれはルークではなかったのかもしれない。ロンドン市内だけでも彼と同じ車は数えきれないほど走っているだろう。

外をのぞいて、車が行ってしまったかどうか見てみよう。アビーは決心した。そのためにはドアマンのいる受付の前を通らなくてはならないが、幸いマクフェランは奥の部屋に引っこんでテレビを見ていた。これなら彼のチェックなしに通り抜けられる。

助かったわ！

2

ルークがアシュフォード・セント・ジェームズを訪れたのは翌日の朝だった。

昨日、バースの家に着いてみると、父親は息子が泊まっていくものと思いこんでいて、そんな父親を落胆させたくなかったのだ。

サウス・ロードのその地所を訪れるにあたり、素性は明かさないつもりだった。店主たちから抗議を受けることなく店を見てまわるほうが、どんなに気楽かわからない。

ルーク自身はこれまでアシュフォード・セント・ジェームズに来たことはなかった。父親からその地所を開発する機会があるかもしれないと聞いていただけだ。

地所の所有者であるチャールズ・ギフォードは、父親の昔からのゴルフ仲間だった。ギフォードが亡くなると、彼の息子は弁護士に連絡を取り、遺言の検認がすんだらすぐに五軒の店を含む地所を売るつもりだと伝えた。

事前に情報を得ていたルークは有利だった。最近モレリ社が請け負っている案件に比べれば小規模な開発だが、父親が息子の成功に貢献したと思いたがっているのはわかっていた。当の五軒の店に、半年後の退去を通告したのもそのためだ。店主たちにほかの場所へ移転するための十分な準備時間を与えるというのも父親の提案だった。

しかし、だからといって話が簡単に進むわけではない。ルークはそう思いながら、町の中心部に車をとめてそこから歩いていこうと決めた。仲介人の説明によると、サウス・ロードの五軒の店はどれも小さく、いかにも時代遅れだという。

ルークの見た限り、幹線道路沿いには高級衣料品店と宝石店があった。それに携帯電話の販売店とコーヒーショップが二つ。

食料品を扱う店はほとんどないようだ。地方自治体がスーパーマーケットを造ることに賛成している理由がよくわかる。

とはいえ、この町はなかなか魅力的だ。中心には、長い年月を経てしっとりと落ち着いた色合いになった石造りの鐘楼付きの教会がある。その隣は公園で、小さな池には鴨《かも》の親子が住んでいる。まだ春は浅いが、市場がある広場を囲むプランターにはすでに花が咲き、公園の木々は葉を茂らせている。

まさに昔ながらのイギリスらしい、とても洗練された町だ。こういう場所はロンドンから新たにやってくる者を引きつける。厳しい競争社会から逃げ出したいと切望する人々や、都市の便利さを手放さずにもう少しゆったりと暮らしたいと願う人々を。

車をとめたルークは、サウス・ロードと交わる場所まで本通りを進んでいった。父親に道順を教わっていたから、目当ての場所はすぐに見つかった。

そこに並ぶのはギフトショップ、毛織りの衣類を扱う店、写真館、ブライダルショップだ。もう一軒はカフェ兼書店で、弁護士の話ではその店が最も成功しているという。

ルークは通りを渡り、最初の店の前まで行った。そこはブライダルショップで、ショーウインドーにはレースのウエディングドレスを中心に婚礼道具が並べられている。

隣は写真館で、ウインドーには紫色の背景幕がかかり、デジタルカメラが置かれていた。

デジタルカメラなのがせめてもだ。だが、今どき写真館で堅苦しい写真を撮ってもらう人がいるのだろうか？　おそらく店主は結婚式や洗礼式の撮影で生計を立てているのだろう。隣のブライダルショップと協力し、情報を提供し合っているのかもしれない。

ルークは一人にやりとして、次の店へ進んだ。そこはカフェ兼書店で、その向こうはギフトショップだ。ギフトショップのウインドーにはぬいぐるみやこまごました雑貨があふれている。くだらないと言う人もいるだろうが、そういうものが好きな人たちも確かに存在する。そうでなければこの店ももっと早く閉店していたはずだ。

毛織物の店にはあまり興味がわかず、ルークはカフェ兼書店の前で足をとめた。

腕時計に目をやると、十時過ぎだった。この時間ならコーヒーを飲みに立ち寄っても不自然ではない。店は〈ハーレーズ〉という名前で、カウンターの上のトレイにおいしそうなスコーンやケーキが並んでいる。テーブルと椅子が数組あるが、すでにいくつかの席は埋まっていた。大通りにはコーヒーショップのチェーン店があったが、こぢんまりした店を好む客もいるだろう。あるいは、本も扱っているせいで客が集まるのかもしれない。

ドアを開けると、小さくベルが鳴った。ル

ークは空いたテーブルをすばやく見つけ、椅子に座った。ケーキやペストリーのおいしそうな匂いがする。メニューを手に取り、それで顔を隠してカフェの中をじっくり観察した。

店内は趣味よく装飾され、壁の一面は本当に食べられそうなマフィンやカップケーキの巨大な絵でおおわれている。大きなコーヒーマシンのたてるぼこぼこという音がいかにも今風だ。右側のアーチの向こうが書店になっているらしい。

「ご注文は?」

周囲を観察するのに夢中になっていたルークは、誰かが近づいてきたことに気づいていなかった。メニューを脇に置き、テーブルのかたわらに立つ若い女性を見あげた。

「ええと……アメリカーノ……」言いかけたとたん、信じがたい思いで言葉を切った。

「アナベル!」彼は思わず立ちあがった。「いったいここで何をしているんだ?」

「ここは私の店よ」自分でも驚くほど冷静にアビーは言った。

弁護士の手紙を読んでから数週間、あらゆる種類の感情が胸に去来したが、ルークが一人でこの店に来ることはまったく想像していなかった。

アビーは唇を湿らせた。「あなたがなぜここにいるのかは、きくまでもないわね。最新の買収先を査定するためでしょう」

ルークはじっとこちらを見ている。以前とまったく変わらない。すらりとした長身、黒い髪と浅黒い肌――相変わらず危険なまでに魅力的だ。アビーはそう思いながら、過去ときっぱり決別できたらいいのにと思った。

ルークは明らかにそうしたようだ。

「君がこのカフェを経営しているのか？」さっきの彼女の言葉を信じていないかのようにルークが尋ねた。「今もロンドンで働いていると思っていたよ。田舎に越してきたなんて知らなかった」

「そうなの？」本当かしら？　アビーは考えをめぐらせた。もし本当なら、モレリ社がこの地所を買収するのは私に復讐《ふくしゅう》するためではないことになるわ。

「もちろん」アビーの疑いに気づいたらしく、ルークがきっぱりと言った。「君の夫がそんな簡単に仕事をやめるとは思わなかったよ。証券取引所で働いていたんだろう？」

「ハリーとは離婚したの」アビーはそう言いながら、長引く会話がほかの客たちの注意を引いているのに気づいた。「コーヒーを持ってくるわ」

「待ってくれ」ルークの低い声に引きとめられた。「離婚してどれくらいたつんだ？」

「あなたにはなんの関係もないことよ」アビーは言った。声が震えていなくてほっとした。

「話はそれだけ？」

ルークが眉をひそめた。「君はどの客にもそういう態度をとるのか？　だったら――」

「あなたはお客じゃないわ、ミスター・モレリ。買収先の調査中なんだから。それに、私はあなたにコーヒーを出すのを断ることもできる。私にはその権利があるわ」

ルークがため息をつき、ここで個人的な話はできないと気づいたように周囲をさっと見まわした。「じゃあ、どこか食事ができる店を教えてくれ。夕食をごちそうするよ」

「それはいい考えじゃないと思うけど、ミスター・モレリ」レジに向かう客の姿が見え、アビーはほっとした。「コーヒーをいれてくるわ」

そして、急いでカウンターへ向かった。常連客と短い会話を交わし、レジを打ったあと、ルークの注文したアメリカーノをいれはじめた。

手が少し震えているけれど、仕事はほとんど機械がしてくれる。カップをトレイに置き、クリームの小さなジャグとシュガーポットをのせると、アビーはルークの席へコーヒーを運んだ。

だが、ルークはもういなかった。彼が座っていた席はからっぽだった。

アビーはカウンターにトレイを置いた。気落ちしたのは否定できない。ルークに会ったのはショックだったものの、彼がこんなにさっさと帰ってしまうとは思わなかった。

それで？　また彼に会いたいの？　過去にあんなことがあったのに、今さら再会して何かすてきなことが起きると信じるほどあなたは愚かなの？

その日は果てしなく長く感じられた。ルークに再会して自分がどんなにうろたえたかを思い出さずにはいられなかった。

彼のことは何度となく考えてきた。とくに離婚が確定したあとは。でも、彼にとって私はいまだに嘘《うそ》つきのずるい女なのだ。

じゃあ、なぜ私を夕食に誘ったの？

店はたいてい午後四時に閉める。そのあと、ハーレーが待っている階上に戻るのが楽しみでたまらないというわけではない。

だが、今日はコートを着てハーレーのリードをつかみ、早くこの建物から逃げ出したくてたまらなかった。ルークが現れたのは開発計画が進んでいるという決定的な証拠だ。

これまではむなしい希望にしがみついていた。建築許可が下りないかもしれないとか、このあたりは湿気が多くて開発に向かないと判明したのかもしれないとか。だが、そんな希望も今や打ち砕かれた。

五軒の店の裏手は広い空き地になっている。ギフォードの息子がこの地所を売りに出しているもう一つの理由はここの空き地だと、グレッグ・ヒューズは言っていた。五軒の店の敷地とこの空き地を合わせれば、開発業者は町なかでは必ず必要になる駐車場だけでなく、もしかしたら映画館まで建てられるだろう。とはいえ、今のところは何もない空き地だから、ハーレーはリードをはずしてもらえて大喜びだった。

ハーレーはもう若くはないが、まだ元気いっぱいだ。アビーは小枝を拾って芝生の向こうに投げてやった。

小枝は反対方向からこちらへ歩いてくる男性の前にまっすぐ飛んでいった。

ルーク・モレリだ。

五年前

アビーはロビーのドアまで行き、外をのぞいた。ダークグリーンのアストン・マーティンはまだとまっている。

ドライバーは車を降りていない。雨のせいでためらっているのだろう。あるいは、訪ねる家の住所がわからないからかもしれない。

あれはルーク・モレリだろうか？　雨のせいではっきり見えない。でも、よく似ているから、行って確かめなくては。夫が帰ってきて彼を見つけるのだけは避けたい。

胸と腹部にできている痣《あざ》は忘れたくても忘れられない。数週間前、大学の教授と一緒に昼食をとったことを知ったハリーに殴られてできた痣だ。

ハリーに指をひねられ、なかなか腫れが引かないせいで、結婚指輪もはめられないでいる。だから今、行動を起こさなければ。ハリーはあきれるくらい所有欲が強いのだ。

べつにルーク・モレリに興味があるわけじゃないわ。砂利敷きの駐車場を走って横切りながら、アビーは自分に言い聞かせた。彼は一週間前、ワインバーから車で送ってくれただけ。おやすみのキスさえしなかった。

でも、彼はキスしたがっていた。それは間違いない。私が車のドアを開け、急いでおやすみなさいと言う前にほんの少しだけ間があった。彼が助手席に身を乗り出して触れてくるかと思った。本当は私もそうしてほしかった。

やはりルークだわ。アビーはもうためらわずにドアを開け、車に乗りこんだ。「乗ってもかまわなかったでしょう?」そう尋ね、手ぶりで雨を示した。「ひどい夜ね」

「だが、だいぶましになった」ルークがにやりとして言った。「どうして僕がここにいるのがわかったんだい?」

「それは……」アビーは軽く手を振った。「ちょうど窓の外を見ていて、あなたの車に気づいたのよ」

「だから下りてきて、電話しなかったことをあやまろうと思ったんだね」ルークが皮肉たっぷりに言った。「君を見つけるのがどんなに大変だったかわかるかい？」

アビーは思わず尋ねた。「私をさがしていたの？」声音から警戒心が伝わってしまわないように祈った。

「ああ、大学のウェブサイトをさがしまわった」ルークがうなずいた。「だが、君の姓も知らないし、なんの研究をしているのかもわからない。だから完全に時間の無駄だった」

「そうね」アビーは内心ほっとして言った。

「それでレイが、ほら、一緒にワインバーに来ていた男が、君のアパートメントに行ってみたらどうかと言いだしたんだよ」ルークは建物を見あげた。「ここは高級アパートメントだ。僕なんかに君の相手が務まるかな？」

「まあ、ばかなことを言わないで。私は……友達と一緒に住んでいるのよ」アビーは口ごもった。「それで……友達は私が戻るのを待っているの。ちょうど夕食の用意ができたところだったから」彼女はドアの取っ手に手をかけた。「もう戻らないと」

ルークが一瞬ためらってから言った。「それより、僕と一緒に食事に行かないか？」

「行けないわ」私はここにいるだけで運命を試しているのだと、アビーは思った。「ごめんなさい。また……また次の機会に」

「わかった」ルークはその言葉に飛びついた。

「じゃあ、明日の夜は？　八時にここへ迎えに来る。食事をして、映画でも見よう。どうだい？」

アビーは躊躇《ちゅうちょ》した。断るべきなのはわかっている。別の男性と出かけようとしているとハリーに気づかれたら、何をされるかわかったものではない。

そういう目にあうのは当然だと言う人もいるだろう。でも、私の気持ちは誰にもわからない。少しでも敬意を持って自分に接してくれる人と夜のひとときを過ごしたいと、どんなに強く思っているかは。

「やめておくわ」膝の上で両手をよじり合わせ、アビーは言った。「私は……その、あなたのことをよく知らないもの」

「そんな問題はすぐに片づく」

「そうかしら？」神さまもきっと許してくれる。アビーはそう考えつつあった。

「じゃあ、また僕に会いたいんだね？」

アビーは再び躊躇した。だが今回は、否定しようとする前にルークが頭の後ろに手を当て、唇を重ねてきた。

「君を説得してみせる」ハスキーな声で言い、アビーの口になめらかに舌をすべりこませた。

飢えたようなせっぱつまったキスに、アビーは正気を失った。熱気が体を包み、悩ましく肌にまとわりつく。気がつくとルークの革のジャケットの襟をつかみ、背中を弓なりにしていた。

長く続くキスはアビーをまどわせ、我を忘れさせた。ルークの手がベルベットの部屋着の上から胸を包みこむと、先端が硬く張りつめるのを感じた。

「一緒に来てくれ、アナベル」ルークが荒々しく言い、部屋着の裾をめくって温かい肌に触れた。アビーは今すぐにも誘惑に屈してしまいたかった。

そのとき一台の車が駐車場に入ってきて、血が凍りついた。ルークの肩越しにその車を確かめると、予想どおりだった。ハリーが予定よりずっと早く帰ってきたのだ。

唇を引き離し、アビーは再びドアの取っ手をつかもうとした。「私……あなたとは行けないわ。もう帰らないと。ハ、ハリエットが待っているの」

「待ってくれ！」ドアを開ける前に、ルークがアビーの腕をつかんだ。「せめて明日の夜一緒に出かけると言ってくれ。君の名前は？僕は君の姓さえ知らないんだ。僕から電話させてくれ。電話番号は？」

「いいえ」アビーはそこまで分別を失ってはいなかった。「私が……私から電話するわ」

「いつ？」

ハリーがすでに車を駐車スペースに入れているのが見え、アビーは捨てばちになって言った。「明日よ。明日、電話するわ」

「約束するかい？」

「約束するわ」息苦しさを覚えながら、アビーは言った。「お願い、今は行かせて」

「わかった。だが、僕の名刺を持っていってくれ」

ルークは名刺を渡してからアビーを放した。彼女は名刺をポケットに押しこむと急いで車を降り、駐車場から建物へ走った。

急いでいるのは雨のせいだとルークが思ってくれますように。エレベーターに駆けこみながら、アビーは願った。ありがたいことに、ドアマンは相変わらずテレビの前にどっしりと腰を下ろしていた。


夜遅く、ルークの携帯電話が鳴った。翌日の打ち合わせに備えて資料を読んでいた彼は、不意の呼び出し音に顔をしかめた。

出る気にならない。ここ数週間つき合っている女性はノーという言葉を聞き入れようとしないのだ。そして、午後十一時過ぎに電話をかけてくるのは彼女くらいしか思いつかない。

表示されているのは知らない番号だった。ひょっとすると、父からだという可能性もある。父にはしばらく会っていない。こんな時間に電話をかけてくるとは考えにくいが、もし緊急事態だとしたら……。

心配しすぎる自分をののしりながら、ルー

クは電話に出た。

「ルーク？」

ルークははっとした。聞き違いでなければ、アナベルだ。三週間前、彼女は自分から電話すると言ったのに、約束を守らなかった。

今この瞬間までは。

「アナベル？」ルークは用心深く呼びかけた。

「アナベルなんだろう？」

彼女がぎこちなく笑った。「元気？」

「ああ」ルークは少したいらってから言った。

「だが、電話をかけてきて世間話をするには少し遅い時間じゃないか？」

「ごめんなさい」

彼女が電話を切ってしまうのを恐れ、ルー

クは急いで言った。「だが、連絡をくれてうれしいよ」そこでひと呼吸置いた。「つまり、デートをオーケーしてくれるということかい？」

「まあね」彼女が息を吐き出すのが聞こえた。

「今、何をしているの？」

「今？」ルークはとまどった。「仕事だ。君は？」

「私は……」彼女が言いよどんだ。「たいしたことはしていないわ」また少し間があった。

「これから飲みに行かないかと思って」

ルークは息をつまらせた。「これから？」

「もしよければ」

だが、もうだいぶ遅い時間だ。口先まで出

かかったその言葉を、なんとかのみこんだ。

「ああ……そうだな。迎えに行こうか？」

「いいえ」彼女が間髪入れずに答えた。「直接会いましょう」

「どこで？」

「ええと……〈パーカー・ハウス〉はどう？あの店なら二人とも知っているから」

「わかった」ルークはわざとゆっくり言った。「本当に迎えに行かなくていいのかい？」

「大丈夫よ」彼女が答えた。「三十分後でどう？」

ルークは当惑し、かぶりを振った。「向こうで会おう」

〈パーカー・ハウス〉なら、今着ている黒のセーターと黒のジーンズのままでいいだろう。ルークは革のジャケットをつかみ、財布と携帯電話をポケットに突っこんだ。

外は寒いが晴れていた。ほぼ丸い月が暗い通りを銀色の光で照らしている。ルークの家はノースロンドンにあり、この時間なら車でウエスト・エンドへ行くのはスムーズだ。

しかし、頭の中には疑問が駆けめぐっていた。こんな時間に電話をしてきて飲みに行こうと言うなんて、どういうつもりなのだろう？すでに酔っているのか？酔ってはめをはずすような女性には見えなかったが、本当のところはわからない。

ワインバーの近くの脇道に車をとめると、

ルークは足早に店へ向かった。

中に入り、込み合ったバーコーナーをざっと見渡す。彼女はまだ来ていないようなので、ビールを注文した。

「こんばんは」

すぐ近くで声が聞こえて振り返ると、アナベルが立っていた。相変わらず美しいが、記憶にあるより顔が青白い。黒いコートの襟を耳元まで立て、髪は無造作にアップにしている。化粧はほとんどしていない。電話をかけてきたとき、彼女は何をしていたのだろう?

ルークは再びそう思った。

「やあ」とりあえず彼女が無事ここに着いたことにほっとして、挨拶を返した。「飲み物はどうする?」

「あの……どこか別の場所へ行かない?」ちらりと後ろを振り返り、彼女は言った。「ここは騒々しいから」

確かに騒々しい。だが、それがいやならなぜこの店で会おうと言ったんだ?「どこへ?」ビールの料金をバーテンダーに払いながら、ルークは尋ねた。「この時間はどこに行ってもうるさい」そこでいったん言葉を切った。「ほら、向こうに空いているボックス席がある。あそこに座って話さないか?」

アナベルが肩をすくめた。不満そうだったが、グラスワインを勧めるとうなずいた。ルークはほかの人に座られてしまう前にボックス席に急いだ。

「ここのほうがまだましだ」アナベルと隣り合って長椅子に座ると、彼は言った。二人の腰が触れ合い、彼女が息をのむのがわかった。

アナベルはすばらしい香りがした。官能的でエキゾチックなその香りがルークの鼻孔を満たし、血を熱く燃えたたせた。ああ、彼女が欲しい。ルークはひどく落ち着かない気分だった。もしかしたら、彼女を説得して僕のアパートメントに連れて帰れるだろうか？

「コートを脱いだらどうだい？」ルークは勧めた。「ここは暖かい」

「いいえ、私……」コートを脱ぐどころか、さらにしっかりと襟を立てるアナベルを見て、ルークはため息をついた。

「いいんだ、君が着ているものなんて気にしないよ」身をかがめ、彼女の柔らかい頬に顔をすり寄せた。「また君に会えて、言葉にできないくらいうれしい。こんな気持ちになったのは初めてだ、アナベル」

「冗談でしょう？」

「いや、本気だ」ルークはアナベルの顎に手をかけ、自分のほうを向かせた。「今まで修道士のような生活を送ってきたとは言わない」唇を彼女の唇とそっと触れ合わせる。「だが、今回は違うんだ。君は違うんだよ」

もう一度、もっとしっかりとキスをした。

「僕のアパートメントに来ないか？」

アナベルが息をのんだ。「あなたのアパートメント?」ささやき声できき返し、少し体を引いた。その動きでコートの襟が倒れ、彼女の首にできた青黒い痣が見えた。「あなたはどこに住んでいるの?」

「ノースロンドンのカムデンだ」そう答えながら、アナベルの首の痣に気を取られていた。彼女が離れようとしたが、ルークは指でやさしくその痣に触れた。「どうしてこんな痣ができたんだい?」

「それは……」アナベルが再びコートの襟を立て、かぶりを振った。「寝室でころんだのよ。ばかみたいでしょう?」そして話題を変えた。「あなたは一人暮らしなの?」

「ああ、パートナーはいないよ。もしそのことをきいているなら」

ルークがおどけてそう言ったとき、二つのことが立て続けに起きた。まずは見知らぬ男が向かい側の席にすべりこんできて、それからアナベルが叫んだ。「ハリー!」

ぎょっとしたような声と、ルークからあわてて離れたようすから、彼女がその男を知っているのは明らかだった。

男はそれほど長身ではないが、がっしりした体つきだ。ルークがいつも取り引きをしている会社の役員室にいそうな、独りよがりの自信に満ちあふれている。

着ているスーツから判断して、おそらく金

融街で働いているのだろう。それで、いったい何者なんだ？　アナベルの恋人か？　パートナーか？　いや、まさか。

男がルークに見下すような視線を投げた。「連れを紹介してくれないのか、アビー？」

アビー？

最初に会った晩、彼女の名前について疑いを抱いたことをルークは思い出した。

アナベル、いや、アビーがそわそわと身じろぎした。「あの、こちらはルークよ。ルーク・モレリ」ほとんど聞き取れないくらい小さい声で言った。「彼は……ただの友達よ」

「セックスもする友達というわけか」男がアビーの顔から目をそらさずに言った。「ここに君をさがしに来ることにして幸いだった」

アビーは呼吸を整え、何か心に決めたようだった。「あなたは明日まで戻らないと言ったじゃないの」非難するように語気を強めた。

「君は早く寝るつもりじゃなかったのか？」男が嘲るように片方の眉を上げた。「嘘つきのふしだら女め！」

「今の言葉を取り消せ！」ルークは両手でテーブルをどんとたたいて立ちあがると、襟首をつかんで男のことも立たせ、激しい口調で言った。「彼女にそんな口をきくなんて、いったい何様のつもりだ？　僕が思い知らせて――」

「やめて、ルーク！」アビーが立ちあがり、ルークの腕をつかんだ。

男が耳ざわりな声で笑った。「彼女の言うことを聞け、ルーク」片手を上げ、襟元をつかんでいるルークの手を振りほどく。「僕がどんな権利があって貞節を求めているのか、彼女に尋ねてみるといい。僕のことは何も聞いていないんだろう?」

ルークは顔をゆがめた。「もし君が彼女の恋人なら、もう少し敬意を示せ」荒々しい口調で言い、それからアビーのほうに向き直った。「この失礼な男は誰なんだ?」

答えたのは男だった。その表情も言葉も気取っていて満足げだった。

「僕は彼女の夫だ。結婚して三年ほどになる。もし彼女が離婚したいなら、そう言えばいいだけだ。そうだろう、アビー? 離婚したいかどうか彼女にきいてみろ、ルーク。だが、きっとしたくないと言うはずだ。僕の妻は金のかかる女だから、君には満足させられない。どうだ、アビー? 君のろくでもない友達に僕の言うとおりだと言ってやれ」

押し黙っているアビーを見て、ルークは自分の世界が土台から崩れ去ったような気がした。離婚したいのかときく気はなかった。彼女を信じた自分が愚かだったのは明らかだ。彼女は夫と別れるつもりはない。僕のことも夫のことも笑い物にして楽しんでいたのだ。

3

こちらに向かってくる男性を見て、ハーレーが興奮したように走りだした。ルークは明らかにグレッグ・ヒューズとは違う反応をハーレーから引き出すようだ。アビーはぬかるんだ地面を見ながら、新しいスーツがだめになったと彼に訴えられないことを祈った。

ハーレーは尻尾を振ってルークのまわりをはねまわっている。とんだ裏切り者ね。ルークに耳をかいてもらっている犬を見て、アビーは心の中でつぶやいた。

彼女がそばまで行くと、ルークが顔を上げた。「君の犬かい？」

ハーレーが飛びはねながらアビーのところに戻ってきた。「ええ」彼女はうなずきつつ、別の散歩コースを選べばよかったと後悔していた。

「いい犬だ」ルークがさらに近づいてくるのを見て、アビーはリードの留め金を手でさぐった。「いや、僕のためにつなぐ必要はない。僕は犬が好きだし、幸い犬からも好かれるんだ」

それでもアビーはハーレーの首輪にリードをつけた。犬が哀れっぽく鳴いたが、ためらわなかった。「誰もいないと思ったのよ。そうでなければ自由にはさせなかったわ」

ルークが周囲をさっと一瞥《いちべつ》し、肩をすくめた。「近くを見てまわっていたんだ。なかなかいいところだな」

「ええ」アビーはほかに言いようがなかった。そもそもそれが理由でここに移ってきたのだから。「このあたりをよく知っているの？」

ルークがまた肩をすくめた。「父がバースに住んでいるが、アシュフォード・セント・ジェームズのことはよく知らない」

だったら、どうやってこの地所のことを知ったのだろう？

アビーの考えを読んだように、ルークが言った。「ここが売りに出されることは父から聞いたんだ。父とチャールズ・ギフォードは昔からゴルフ仲間だった。チャールズというのは、現在のこの地所の持ち主の父親だ」

「ええ。チャールズのことは知っていたわ」

アビーは淡々と言った。

「じゃあ、さっき僕が店に現れる前から、この開発に僕が関わっていることはわかっていたんだね？」

アビーはうなずいた。「手紙を受け取ったのよ。ほかのみんなと同じように」

「それ以来、僕を呪っているわけか」ルークが皮肉たっぷりに言った。「そんな目で見ないでくれ。わかっているよ」

アビーはため息をついた。「最初はあなたが私の店のことを知って、この地所を買収したんだと思ったの。復讐《ふくしゅう》のために」

ルークが鼻を鳴らした。「まさか」

アビーは弁解がましく言った。「だって、私たちは友好的に別れたわけじゃないでしょう？」

「ああ」ルークもその点は認めた。「だが、僕がまだあの出来事から立ち直っていないと思っているなら、君は自惚《うぬぼ》れすぎだ。あれからどれくらいたつ？　四年か？」

「五年よ」アビーはそっけなく言った。「とにかく、あなたの人生に汚点を残さなかったとわかってほっとしたわ」

君は何も知らないんだ。ルークは心の中で苦々しげにつぶやき、瞳に浮かぶ敵意に気づかれないように再びゴールデンレトリーバーを見おろした。

アビーのせいで、ルークはレイ・カーペンターと決別した。世間をひどく辛辣に見るようになった彼に、レイは耐えられなかったのだ。

それに、ソニアと結婚したのもアビーが原因だった。ソニアはアビーに出会う前、数週間つき合っていた女性だ。出だしから間違っていたその結婚は一年で終わりを迎えた。

ルークは無造作に肩をすくめ、嘘《うそ》がすらす

ら出てくることに自分でも驚いた。「あんな出来事はすっかり忘れていたよ。君と同じく、僕も自分の人生を前に進めてきたんだ」

「だったらよかったわ」アビーが後ろめたそうに彼を見た。「あんなことになったのは、すべて私のせいだから」

ルークもまさにそう思ってきた。結婚していながらアビーが自分と会うことにしたという事実は、何があっても変わらない。僕は彼女の夫に殴りかかろうとするのではなく、彼に同情しなくてはならなかったのだ。

アビーとこんな話をするべきでないのはわかっている。あのカフェに入り、店主が誰かわかったところで、放っておくべきだった。なのにこの数時間、彼女の店に戻る理由をさがして町をぶらぶらしていた。

アビーが注文を取りに来たとき、ルークは呆然《ぼうぜん》とした。そして、自分のそんな反応に腹が立った。アビーがこの町に引っ越してカフェを開いたことなどまったく知らなかった。

彼女は大学で英語の研究をしていたのだ。本名を知ってしまえば、彼女がどこの大学で働いているかはすぐに調べがついた。

それに彼女の夫、ハリー・ローレンスが金融街で働いていることもわかった。株式仲買人の世界では彼はちょっとした有名人だったが、かなり暴力的な男だという話も聞いた。

あの晩、アビーの首にあった痣《あざ》は夫がつけ

たものだったのだろうかと、ルークは思った。

だがすぐに、彼女は決して離婚しないとハリーが自慢げに言っていたのを思い出した。

そして実際、アビーは彼と別れなかった。

離婚しようと思えばできたはずなのに。

それでも彼女と過ごしたひとときを忘れることはなかった。舌に感じた彼女の唇の甘さを今もまだ覚えている。情事にはならなかった情事だ。ルークは苦々しげに自分に思い出させた。あの晩、アビーは夫と一緒にワインバーを出ていき、それきり今日までその姿を見ることはなかった。

今のアビーが五年前よりさらに魅力的になっていることが、ルークはおもしろくなかった。そしてもちろん、〈パーカー・ハウス〉での出来事から何年たっているか、正確に覚えていた。

アビーは少し体重がふえただろうか？　だとしたら、このほうがいい。それに髪も、以前のような淡いブロンドではない。ところどころ銀色の交じった豊かな蜂蜜色だ。その髪をポニーテールに結っていて、繊細な顔の骨格をあらわにしている。

それにしても、なぜそんなことにいちいち気づいているんだ？　彼女のことでまたばかなまねをしたいのか？　ああ、今も彼女を抱きたい。悔しいがそれは事実だ。だが、ただの肉体的な欲望に従って行動を起こすつもりはない。

それまでためらっていたアビーが口を開いた。「今朝はコーヒーを飲まずに帰ってしまったわね」そう言って唇をかすかにゆがめた。「私が毒を盛るとでも思ったの?」

ルークは口元をこわばらせた。「いや、そんなことはまったく思わなかった」

「それならよかった」アビーが唇を噛《か》みしめた。「私が二人の関係を利用して今回の開発に関するあなたの考えを変えさせようとしているとは、思わないでほしいの」

「やめてくれ、君にそんな力はない」ルークはそこで言葉を切った。「それに、僕はもう思い出したくないんだ。君が夫を裏切ったのには自分にもいくらか責任があることを。もしかすると、ああいうことは初めてではなかったのかもしれないが」

「そんなことを言うなんて信じられないわ」アビーはいきりたち、あきれはてたようにかぶりを振った。「私ったらどうしてあなたに惹《ひ》かれたりしたのかしら?」

「アビー……」

いらだたしいことに、ちょうどそのときゴールデンレトリーバーが脚に飛びついてきて、ルークはバランスを崩した。倒れるまいとして思わずアビーの肩をつかむと、彼女のほうも反射的にルークの腰に腕を回した。

突然、空気が緊張を帯びた。ぴったり寄り

添っているアビーの温かい体を、ルークは痛いほど意識した。こうなるように仕組んだわけではない。だが、実際に体が触れ合ってみると、彼は不本意ながら、しかし間違いなく、欲望を刺激されていた。

苦悶《くもん》のうめき声を抑え、ルークはリードをつかんで犬を自分から離した。「僕はもう行ったほうがよさそうだ」

「ええ、そうね」アビーが硬い声で言った。「私も家に戻るわ」そのあと、気が進まないようすでつけ加えた。「どうか私のせいでほかの店主たちに厳しい条件をつけないでほしいの」

「僕にそんなことができるはずがない」

「あら、自分の力を見くびらないで、ルーク」アビーが辛辣な口調になった。「こんな事態になって、私たちはみんな大変なのよ」

「気の毒に思っているよ」

「本当に？」まるで彼を信じていないかのようにアビーが言った。

ルークはうめいた。「僕にどうしてほしいんだ、アビー？　罪の許しを与えてほしいのか？」

「冗談はやめて！」アビーが顎を上げた。「あなたには何も望んでいないし、これまでも望んだことはないわ」

ルークの顎がこわばった。「僕にはそうは見えなかったな。だが、それも勘違いだった。

んだろう。君のことでは、僕はほかにもいろいろ勘違いしていたようだから」

「なんて傲慢な人かしら！」

アビーは犬のリードを両手でつかみ、ルークからあとずさった。青ざめた顔は激しい怒りでこわばっている。彼女を傷つけるつもりなどなかったが、どうやら傷つけてしまったらしい。ほかにどうすることもできず、ルークはアビーのあとを追った。

「アビー……」

「来ないで！」

「君と喧嘩《けんか》したくない」まるでさっきの発言を後悔しているように聞こえ、ルークは自分がいやになった。


「そうなの？」彼に背を向けて通りに向かいながら、アビーが言った。「でも、心配しないで。こんな会話はなかったことにするから。いつまでに立ち退いてほしいか、弁護士を通じて連絡してちょうだい。そうしたら出ていくわ」

ルークは敗北感を覚えながらアビーを追いかけ、彼女の腕をつかんで振り向かせた。頬が涙に濡《ぬ》れていることにすぐに気づき、高ぶる感情をこらえきれずに片手の親指でその涙をぬぐった。

「やめて」アビーはささやいたが、ルークは聞いていなかった。もし状況が違っていたら、二人が分かち合っていたかもしれない熱く濃密なセックスのイメージで頭がいっぱいだった。なぜ彼女に触れてはいけないのか、なかなか思い出せなかった。

指の下のアビーの頰はとても柔らかく、ルークはいつのまにか親指で彼女の唇の合わせ目を撫《な》でていた。

アビーはとめようとはしなかった。ゴールデンレトリーバーのリードを命綱のようにしっかりと握っている。彼女の香りに陶然となったルークは、衝動を抑えきれずに身をかがめて唇を押しつけた。

アビーの唇は熱く、思いがけず無防備で、五年前にかきたてられたあらゆる感情がどっとよみがえってきた。そのうえ、高ぶった下半身に彼女の腰が悩ましく押しつけられているせいで、ルークは完全に正気を失った。

「ルーク……」

アビーがほとんど聞こえないくらいの声で名前を呼び、息をつまらせた。ルークの首に回された手はとても冷たく、その感触が彼を燃えあがらせた。

だが、このまま突き進むわけにいかない。それだけははっきりしている。木が数本生えているとはいえ、こんな開けた空き地は人目につかない場所とは決して言えない。

だが、それは別として、僕はいったいここで何をしているんだ?

そのとき犬の吠《ほ》える声が聞こえ、ルークの

迷いに唐突に終止符が打たれた。

犬はおそらく猫か兎《うさぎ》でも見たのだろう。リードを急にぐいと引っぱり、アビーはいやおうなくルークから一歩離れた。

「ハーレー！」アビーが叫び、ルークは息を吐き出した。

まったく、犬に感謝することになるとは思ってもみなかった。

「僕は行かないと」必死に犬を落ち着かせようとしているアビーに向かって、ルークはぞんざいに言った。

そして彼女に何か言う間も与えず、足早にその場から立ち去った。

4

一週間後、アビーはルークの〝いわれなき襲撃〟とでも呼びたい出来事を頭から追い出すことに成功していた。

あれは単なる脱線行為だった。彼にとっても、おそらく私にとっても。あきれたことに、私は五年前の出来事を冷静に受けとめているつもりでいた。今の私は自由な自立した女性なのだから。かつてのように虐げられた哀れな妻ではなく。

すでに午後三時を過ぎ、ローリーは学校へ娘を迎えに行った。客もなく、アビーは少し早めに店を閉めることにした。

じめじめして薄ら寒い午後で、通りを歩いている人もほとんどいない。店のドアが開いたとき、アビーはてっきりローリーが忘れ物でも取りに戻ったのだろうと思った。だが、そうではなかった。ドアを開けたのはグレッグ・ヒューズだった。

アビーは憂鬱になった。今はとても彼と話すような気分ではない。

グレッグは我が物顔で店に入ってきて、磨きあげられたカウンターに肘をつくと、挨拶もなしに尋ねた。「何か聞いたかい？」

アビーは掃除していたコーヒーマシンから顔を上げ、冷たいまなざしを彼に向けた。

「なんですって？」

「だから、何か聞いたかと——」

「ええ、あなたが言ったことは聞こえたわ」アビーは冷ややかに彼を見つめた。「ただ、なんの話をしているのかわからないの」

グレッグがもどかしげに言った。「開発の話だよ。そのことで何か新しい話を聞いたかい？　もう手紙は読んだんだろう？」

「弁護士の手紙は読んだけど、それ以上のことは何も聞いていないわ」

グレッグがふんと鼻を鳴らした。「開発業者がどういう補償を申し出てくるか知りたいんだ」

「補償?」

「ああ。僕の店の賃貸期間はあと一年半残っている。だから補償金を払ってもらわないと。それまでは移転先の店にどれくらい金を使っていいかわからない」

「そうね」

「だがもちろん、君には関係ない問題だな」グレッグがしたり顔で続けた。「退去を通告されるころには、君の賃貸期間は終わっているだろうから」

「どうしてそのことを知っているの?」

「賃貸期間はあと半年だと自分で言ったんじゃないか」グレッグが悪びれもせずに続けた。

「君は開発会社の社長を知っているようだったから、ここが買収されることも前もって知らされていたんじゃないかとちょっと思ったんだよ」

アビーはルークのことなど知らないと嘘《うそ》をつきたかった。だが、先週、店の裏手の空き地に彼と二人でいるところを誰にも見られなかったとは言いきれない。

「私はあの会社を知っていると言ったのよ」嘘がばれないよう祈りながら、アビーは続けた。「ええと……そういえば、その男性が買収物件の査定のためにここへ来たの。素性を隠して」

「本当かい?」グレッグはこの話は聞いてい

なかったらしい。これでは事実上ルークを知っていると認めたことになってしまうと、アビーは遅ればせながら気づいた。だが、グレッグはそれについて言及しなかった。おそらくアビーもその話を誰かから聞いたのだと思ったのだろう。「それはそれは」彼は言った。「僕もぜひモレリに会いたかったな。ひと言、率直な意見を言ってやりたかった」

「ぜひ聞かせてもらおう。とても興味深い」

アビーは驚いて飛びあがりそうになった。グレッグにこれ以上疑いを抱かれないよう必死になっていて、ドアが開いた音に気づかなかったのだ。

グレッグもぎくりとして、不安げに背後を振り返った。だが、ドアを開けたのが当の本人だとわからず、攻撃的な表情を浮かべた。

「じゃましないでくれないか？」アビーが口を開く前に、グレッグは言った。「僕たちは個人的な話をしているんだ」

「それはすまなかった」ルークはドアを閉め、優雅な動きでカフェに入ってきた。「僕の名前が聞こえた気がしてね。率直な意見を言ってやりたいとかなんとか……」

グレッグがあんぐりと口を開けた。「あんたがモレリなのか？」

紺色のタートルネックセーターとジーンズ、着古した革のジャケットといういでたちのルークは、確かに成功した実業家には見えない。

ルークはグレッグの隣に腰を下ろした。

「それで、君は誰なんだい？」

「ヒューズだ。グレッグ・ヒューズ」彼がしぶしぶ言った。「隣の写真館の店主だ」

「なるほど」ルークはうなずいた。「それで、ミスター・ヒューズ、僕に何を言いたかったんだい？　話を聞こう」

グレッグが身構えるように顎を突き出した。

「僕はあっさり同意はしないぞ、その……」

「僕たちみたいな連中に、ということか？」

ルークが助け舟を出したが、アビーには彼が楽しんでいるように見えた。

「そういうことだ」グレッグが鼻を鳴らした。

「この通りに並んでいる店がどれくらい古いか、あんたは知らないだろう。そういう店を壊してスーパーマーケットを造るなんて、まさに冒涜《ぼうとく》だ！」

アビーはルークが問いかけるような視線をこちらに向けるのに気づいた。「君も同じ意見なのか、ミセス・ローレンス？」

アビーは顔を赤らめた。「ミズ・レイシーよ」グレッグに興味津々に見られているのに気づくと、いらだちを覚えた。「この店を始めたときに旧姓を使うようになったの」

「そうか」ルークの黒い瞳は相変わらず彼女を見つめている。「だが、君はまだ僕の質問に答えていない……ミズ・レイシー」

するとアビーが口を開く前にグレッグが

答えた。「もちろん彼女も僕と同じ意見だ」

喧嘩腰《けんか》で声を張りあげる。「あんたは僕たちの気持ちをどう思っている？　ここの店は僕たちの生計を立てる手段なんだ。それにアビーにとっては住みかでもある」

「そうなのか？」

アビーはルークによけいな情報をもらしたグレッグを平手打ちしたくなった。

「ああ、そうだ」彼女の気持ちなどまったく意に介さず、グレッグが続けた。「少なくとも僕は、不動産が安いうちに家を買っておくという機転があったが」

「ミスター・モレリは私たちの問題になんか興味はないわ、グレッグ」アビーはグレッグをにらみつけながら口をはさむと、背筋を伸ばしてルークに向き直った。「どういう用件でいらしたのかしら、ミスター・モレリ？　それとも、私のコーヒーの味を試しにでも来たの？」

「それはいい考えだ」いらだたしいことに、グレッグがまた話に割りこんだ。「アビーの焼いたブルーベリーマフィンもぜひ食べてみるといい。それでも開発を考え直さないとしたら、誰もあんたを説得できないだろう」

「グレッグ！」アビーはぞっとした。自分とグレッグ・ヒューズが共謀して抵抗しているとルークに思われるのだけはいやだった。

「私たちが何を言おうと、何をしようと、ミスター・モレリの気持ちは変わらないわ」

ルークは腕を組み、しばし考えこんだ。そのとおりだと言いたかったが、この間抜けな男の前でアビーにきまり悪い思いをさせるのはいやだった。いくら彼女に辛辣な感情を抱いているとしても。

「とりあえずコーヒーをもらおう」ルークは言った。その言葉はアビーにとって、今グレッグ・ヒューズが言ったことと同じくらい腹立たしいはずだとわかっていた。「もし面倒でなければ」

アビーが口元をこわばらせた。「悪いけど無理よ、ミスター・モレリ。もう閉店だからコーヒーマシンを掃除してしまったの」

グレッグが鼻で笑った。「残念だったな、モレリ」満足げに言い、ひと呼吸置いて続けた。「仕事上の特典で飲めるコーヒーも出ないのにまだここで何をしようというのか、話してもらおうか」

ルークは鋭く目を細めた。「ミズ・レイシーに言うべきことを君に聞かせるつもりはない。君にはこんなところで僕と話をするよりほかにもっとするべきことがあるはずだ」

グレッグが不満そうに眉根を寄せ、それからアビーを見て、当てつけがましく尋ねた。「僕に帰ってほしいかい、アビー？　君がよければ、僕はまだここにいるが」

「心配ないわ、グレッグ」一瞬ためらってから アビーが言った。「私は大丈夫よ。何か新しい情報があったら、あとで知らせるわ」

グレッグはしぶしぶカフェを出ていった。

ドアが閉まるとすぐにアビーは言った。

「私たちはもうお互いに言うべきことはないはずよ、ミスター・モレリ。私はもう店を閉めるところだったの。だから、ここに来た目的をさっさと話してもらえるとうれしいわ」

実は、ルークにもここに来た目的がはっきりわからなかった。父親が電話をかけてきて風邪を引いたとは言っていたが、ふつうはそれくらいで打ち合わせを取りやめて父親に会いに来たりはしない。

実のところ、父親から電話がある前は、休暇を取って今つき合っている女性をセーシェル旅行へ誘うつもりだった。青い空、青い海、熱帯の風、そして五つ星のホテル――そのすべてを魅力的に感じ、ジョディも喜ぶだろうと思った。

なのに、なぜ父親に建築法規を確認すると嘘をついてまでアシュフォード・セント・ジェームズにいるんだ？　どうして自分の人生を破滅させかけた女性と言い争っている？

アビーのことはもう乗り越えたんだろう？

いや、彼女に関しては、まだ終わっていないという感覚がずっと心に居座っている。

「わかった」しばらくしてルークは言った。

「なぜ君がロンドンでのすばらしい仕事をやめてここに来たのか話してくれないか?」

アビーがぽかんと口を開けた。「どうしてそんなことを話す必要があるの?」

ルークはため息をついた。「知りたいんだ。なぜ君はそこまで思いきって生活を変えたんだい?」

アビーがかぶりを振った。答える気はないのだろうとルークは思ったが、やがて彼女はきっぱりと言った。「私は離婚したの。それが理由よ。でも、そのことはあなたも知っているでしょう。なぜそんな質問をするの?」

ルークは顔をゆがめた。「この店がなくなったら君はロンドンに戻るのかと考えていたんだ」

アビーはしばらく無言でルークを見つめていた。やがて彼に背を向け、手に持っていた布巾をカウンターの下に置いた。「もう帰って、ミスター・モレリ。これ以上あなたの質問に答えるつもりはないわ」

アビーがエプロンを取り、ランドリーバスケットに入れた。そして、今までエプロンの下に隠れていた短いプリーツスカートを撫《な》でつけた。スカートの裾からは目を見張るほど美しく長い脚がすらりと伸びている。

ルークの熱っぽいまなざしに気づいているとしても、アビーは無視していた。そしてカウンターの端に来て、冷めた目で彼を見た。

「帰って。店を閉めたいの」

ルークはジーンズの後ろポケットに手を突っこみ、興奮しかけた自分の体を意識しながら捨てぜりふを吐いた。「おそらく」挑発的に言い、ドアへ向かう。「ローレンスに捨てられたあと、ロンドンでは君の望むような生活は維持できなかったんだろう。彼が扶養手当を払ってくれているといいが。この店を失うのは相当な痛手だろうな」

アビーはまたたく間にルークを追い越し、ドアを開け放って猛然と言った。「出ていって！」

ルークは急がなかった。「真実とはつらいものだ。そうだろう？」嘲るように言った。

「結婚の誓いを破る前に、それがどんな結果をもたらすかよく考えるべきだったな」

アビーの目には涙が浮かんでいたが、ルークは決して同情を見せまいとした。そろそろ彼女も自分の行動の責任を取るべきだ。

だが、通りに出ても、期待していたような終幕感は味わえなかった。そのうち味わえるだろうと、ルークは自分に言い聞かせた。この五軒の店を取り壊したら。

しかし、背後でドアがばたんと閉まったとき、自分が最低の男になった気がして自己嫌悪に陥った。

5

ルークが乗った飛行機は午前八時過ぎにヒースロー空港に着いた。途中、香港で足止めされ、空港で三時間以上も無益な時間を過ごすはめになった。

ヒースロー空港の到着ロビーを出て、フェリックスの運転する迎えの車を見つけたころには、相手が誰であろうと愛想よくふるまえる気分ではなかった。

「いい旅だったかい？」運転席のフェリックスにきかれ、ルークは陰気な顔で彼を見返した。

「どれくらい待っていたんだ？」

答えの代わりに質問を返されて、フェリックスが肩をすくめた。「二時間くらいだ。インターネットでフライトの情報を確認したら、遅延となっていた。だが、僕はそういう情報は信用しない。自分で空港に来て確かめるほうがいいんだ」

「飛行機の運航情報はたいてい信用できる」ルークはそっけなく言うと、片方の足首を膝にのせ、窓の向こうの雲におおわれた空を眺めた。「長い旅だった」

「そうだろうな」フェリックスはバックミラ

ー越しにちらりとルークを見た。「やっぱりセーシェルへ行けばよかったんだ」

「ああ、そのとおりだ」

ルークは素直に認めたが、それ以上何も言わなかった。おそらく当初の計画どおり、ジョディをセーシェルへ連れていくべきだったのだろう。だが、アシュフォード・セント・ジェームズを訪れたあと、アビー以外の女性と一緒に過ごす気にはなれなかった。

その代わり、ルークは二週間メルボルンに出かけた。レイ・カーペンターと彼の家族に会い、近況を報告し合った。進行中の開発計画については考えないようにしていた。

「それで」ルークはあきらめて言った。「何かニュースはあるかい?」

「ニュースという言葉の意味にもよるが」フェリックスが冷静に言った。「ウィルトシャーの開発予定地区の関係者が請願書を提出した。君が取り壊そうとしている建物には歴史的意義があるから、保全命令によって守られるべきだとその関係者は主張している」

どうやってその情報を得たのかと、ルークは尋ねなかった。どういうわけかフェリックスは今何が起きているかを常に知っているのだ。だが、必死に考えなくても、誰がそんな活動をしているかは察しがついた。

グレッグ・ヒューズだ!

アビーも関わっているのだろうか? 調べ

てみなくてはならない。

アビーがハーレーの散歩から帰ってきたころにはすでに暗くなり、おまけに大雨まで降りだしていた。

アビーとハーレーは公園を二周してから、食料品や雑貨を買うために近くのデリカテッセンに寄った。認めたくはないが、確かにアシュフォード・セント・ジェームズにはまともなスーパーマーケットが必要だ。もちろん駐車場付きの。アビーのカフェも近くに車をとめる場所がないのが不便な点だった。

でも、私には町で乗る車があるわけじゃないわ。アビーは心の中でつぶやき、ため息をついた。持っているのは卸売り業者からの仕入れに使う古いバンだけで、店と店の間の路地にとめてある。

ハリーと離婚できたのはよかったが、母親の葬儀の費用を支払うと、ほとんどすっからかんになった。しかし、母親のテラスハウスを売って得たささやかな金で、ロンドンからここへ引っ越すことができた。

ロンドンを離れたのはアビーがとることのできた最善の行動だった。もしあのままロンドンにとどまれば、いずれハリーに見つけ出され、痛めつけられたに違いない。彼は執念深い男だ。アビーを手放したのも、離婚に異議を唱えて友人たちに笑い物にされるのを恐れたからにすぎなかった。

アビーは店の脇のドアから中に入ると、鍵を閉めて錠を下ろし、階上に上がった。

ハーレーがはしゃぎながら階段をのぼっていく。散歩から帰ってきて、元気いっぱいだ。あとどれくらいここに住んでいられるのかと思いながら、アビーはゆっくりと犬のあとをついていった。

小さなキッチンで買ってきたものを片づけ、ハーレーの夕食を用意した。キッチンの隣は居間で、壁のくぼみを利用した食事スペースがある。それに、小さな寝室とバスルーム。

ハリーと住んでいた高級アパートメントとは何もかも違うが、あそこに比べたらここは地上の楽園だ。

少なくとも今まではそうだった。

アビーはあまり気が進まないまま、冷蔵庫の中身を眺めた。そして、たいして空腹ではないから先にシャワーを浴びてしまおうと決めた。

ハーレーにドッグフードを食べさせておき、寝室へ行く途中で靴を脱いだ。バスルームに入ると、しばらくシャワーに打たれていた。ふだんは熱い湯が体を流れ落ちていく感覚が心地よいが、今夜はリラックスできそうにない。

ルークがカフェを訪れてから三週間が過ぎた。あのときは激しい口論をして、最後には彼を追い出すことになった。いいえ、実際は出ていってと頼んだのよ。アビーはみじめな気持ちで訂正した。ルークが帰る気になっていなければ、私が帰らせられたはずがない。

いずれにせよ、こんなに気がふさぐのはルークのせいだ。店を失うからばかりではない。私がハリーからひどい仕打ちを受けたのは当然だと、ルークが今も思っているのは明らかだ。でも、真実を話そうとしても無駄だろう。ろくに耳を貸してもらえず、拒絶されるだけだ。

シャワーを出てタオルで体を拭いていると、外に続くドアをノックする音が聞こえた。ハンマーでたたいているとまでは言わないが、かなり大きな音だ。アビーがいらだちを覚えたとき、ハーレーが吠《ほ》えだした。いったい誰かしら？

唯一思いつくのはグレッグ・ヒューズだけれど、彼を家に入れるつもりはない。でも、ここに越してきて以来、暗くなってから彼が訪ねてきたことは一度もない。

再びノックの音が聞こえ、ハーレーの鳴き声がさらに大きくなった。気をつけないと、ミス・ミラーに何かあったのではないかと思われてしまう。ミス・ミラーは写真館とは反対側の隣でギフトショップを営んでいて、店の階上に住んでいる。

アビーはバスローブを体に巻きつけ、ハー

レーが騒いでいる居間へ入っていった。

「静かに」アビーが叱ると、ハーレーは彼女のまわりを落ち着きなくうろうろした。尻尾を振っている。だが、訪ねてきた人に関して犬の判断を信用するほどアビーは愚かではなかった。

誰か確かめないでドアを開けるべきではない。アシュフォード・セント・ジェームズには友人は数人しかいない。たとえばローリー・イエーツ。でも、彼女なら訪ねてくる前に電話をよこすはずだ。

アビーは階段に続くドアを開け、照明をつけた。ハーレーはすぐに階段を駆けおりて狭い玄関ホールへ向かった。そして、なぜ早くドアを開けないのかとでもいうように再び吠えはじめた。アビーはあきらめのため息をつき、玄関ホールへ行った。

少しためらってから、用心深く声をかける。

「どなた?」

「僕だ!」聞き違えようのない声だった。

「開けてくれ、アビー。外は土砂降りなんだ」

ルークだわ!

アビーは震えながら息を吐き出した。こんなところで何をしているの?

「私……私は服を着ていないの」ハーレーがまた吠えだし、アビーはとうとう応じた。

「なんの用?」

「ドアを開けてくれと言っているんだ!」忍

耐が尽きたらしく、ルークが叫んだ。「僕を肺炎にしたいのか？」

アビーはもう一瞬だけ待ってから、錠をはずしてドアを開けた。

ルークの言うとおり、外は土砂降りだった。ハーレーの散歩から帰ってきたときよりさらに雨脚が強まっている。ルークはずぶ濡《ぬ》れだ。カシミアらしいジャケットが雨に濡れ、淡いグレーがチャコールグレーになっている。

アビーがハーレーを押さえて一歩下がると、ルークは急いで玄関ホールに入り、後ろ手にドアを閉めた。吹きこんできた冷たい風に、身震いが走る。彼は壁に寄りかかり、じっとアビーを見つめた。ルークが細部まで観察しているのがわかった。片方の肩の上でうねる濡れた巻き毛から、均整の取れた体が震えているようすまで。彼は何を考えているの？　なぜここにいるの？

ハーレーがルークのまわりをうろつき、機嫌を取るように尻尾を振ってから階段を駆けあがっていった。そのまま居間に消えると、アビーはため息をついた。ルークを喜ばせようとして、お気に入りのおもちゃを取りに行ったに違いない。

「なぜそんなに濡れているの？」アビーはしかたなく尋ねた。ルークを階上の部屋へ招き入れる気はなかったが、何か言う必要があった。二人の間にみなぎる緊張をやわらげるために。

「広場から歩いてきたんだ」ルークが苦々しげに言った。「君は信じないだろうが、雨が降っていたら濡れずにいるのは不可能だ」

なんて皮肉な人かしら！

アビーはもう一度ドアを開け、出ていってと言いたかった。だが、できなかった。なぜ彼がここにいるのかわかるまでは無理だ。

「部屋に上がったほうがいいわ」アビーは背後の階段を示した。「ここは寒いから」

「そうかな？」

ルークがまた皮肉っぽく言ったが、アビーは無視して先に階段を上がりはじめた。とはいえ、後ろにいる彼を痛いほど意識していた。

自分が裸足《はだし》であることも、バスローブがようやく膝が隠れる長さしかないことも。もちろん、その下に何も身につけていないことも。

あとから居間に入ってきたルークが後ろ手にドアを閉めた瞬間、アビーは彼と二人きりだということを強く意識した。

「あの……ジャケットを脱いだほうがいいんじゃない？」アビーは今さらながら言った。

「ありがとう」ルークは彼女の言葉を素直に受け入れ、ジャケットを椅子の背にかけた。それからさっと周囲を見まわした。「ここには長く住んでいるのかい？」

アビーは肩をすくめた。「四年以上よ。なぜそんなことをきくの？」

ルークの黒い瞳が品定めするようにアビーをじっと見つめた。「知りたいんだ。ロンドンを離れたときからずっとここに?」

「いろいろきくのね。あなたこそなぜここにいるの?」

ルークは答えずに顔をしかめた。栗《くり》色のシルクのシャツを着て、もう少し淡い栗色のネクタイを少しゆるめた姿はとてもすてきだ。雨で湿ったチャコールグレーのズボンがたくましい腿に張りついている。こんなセクシーな男性に何も感じずにいられる女性はいないだろう。

アビーが息をのんだとき、ルークが再び口を開いた。「じゃあ、あのワインバーで会った夜から一年以上、君はローレンスと一緒にいたわけだ」彼は挑発的に言った。「彼に追い出されたのは相当な痛手だったんだろうな」

アビーはかっとなり、あきれはてたように言った。「あなたは私を嘲るためにここに来たのね。いったい何を求めているの、ルーク? 自分の行動を正当化したいの?」

「僕の行動?」

「ええ。あなたはあのあとのことが気になってしかたがなかったんでしょう? がっかりさせて悪いけど、私がハリーを捨てたのよ。逆じゃないわ」

ルークは眉間にしわを寄せた。「僕はそん

な話をしに来たんじゃない」

「あら、ほかの話なんて何も思いつかないわ」アビーはさらにしっかりとロープを体に巻きつけた。「でも、あなたは理由を考えるのに四週間近くかかったのよね。そんなに長くかかったなんて驚きだわ」

ついに我慢が限界に達した。ルークは黙ったまま手を伸ばし、アビーを引き寄せた。そして片手で彼女の顎をつかみ、唇に自分の唇を押しつけた。

そのとたん、圧倒的な欲望にのみこまれた。ルークは両手でアビーのヒップをさぐり、さらに引き寄せた。自分の高ぶった体の筋肉の一つ一つまで彼女が感じられるように。

アビーの腹部に触れた興奮の証《あかし》が脈打っているのがわかる。一緒にいるだけで手を触れずにいられなくなるなんて、この女性は僕にいったい何をしたんだ？

アビーは小さく抗議の言葉を発したが、そのあと背中をそらして体を押しつけてきた。

今この場で欲望が爆発してしまうのではないかと恐れたルークは、荒れ狂う感情を抑えこみ、筋道を立てて考えようとした。ここに来たのは、グレッグ・ヒューズが出した請願書のことを話すためだ。また恥をかくためではない。

だが、アビーの温かい体はどうしようもな

く欲望をそそる。ルークは自分を抑えきれず、ヒップから胸へと両手をすべらせていった。むさぼるように彼女の唇を味わいながら、タオル地のローブを肩から下ろす。

　すでにゆるんでいたローブのベルトが落ち、アビーの裸身がルークの貪欲な視線にさらされた。彼はようやく唇を離し、渇望に燃える目でアビーをじっと見おろした。「ああ、そうだ」かすれた声でつぶやく。「君は何から何まで僕が想像していたとおりに美しい」

6

身を引くべきだと、アビーはわかっていた。だが、唇を奪われた瞬間、ルークに屈していた。

　五年前、たちまち危険なまでにルークに惹《ひ》かれたのだから、もっと分別を働かせるべきだった。しかも彼はあのころと同じ男性ですらない。さらに冷徹に、さらに辛辣になっている。そして、おそらくここにいる自分自身を蔑んでいるのだろう。

加えて、ルークは事業で大成功をおさめている。気をつけないと、それが理由で私が彼を追い払わなかったと思われるだろう。

アビーはルークの目を見あげた。その瞳を暗く陰らせているのは欲望だけではないようだ。敵意？　今起きていることを認めたくない気持ち？

アビーはごくりと唾をのみこんだ。喜んで過去を忘れようとしているとルークに思われたいの？　きっと彼は、私が自分の店を守るために抱かれようとしていると思うはず。この男性は友人ではなく、敵なのよ。

それでもルークに胸を愛撫《あいぶ》され、親指でもてあそばれた蕾《つぼみ》が痛いほど張りつめると、アビーの呼吸は途方もなく速くなった。

「君は本当に美しい」ルークがかすれた声で言った。「どうしても離れていることができなかった」

「ルーク……」

「そうだ、名前を呼んでくれ」彼がつぶやき、アビーのローブを脱がせた。「君が欲しい。それはわかっているだろう？　最初からわかっていたはずだ」

「でも、私はあなたが欲しくないわ」アビーが弱々しく言い返したとき、ローブが床に落ちた。

「そんな言葉は信じない」ルークはすばやく

アビーを抱きあげた。てのひらに触れる肌が従順に反応し、彼女の抵抗は偽りだと伝えた。落ちたローブがかぶさったハーレーが不満げな声をあげたが、ルークが寝室へ向かったころには抜け出していた。

寝室は明かりがつき、隣のバスルームからエキゾチックな香りが漂ってくる。ハーレーが入ってこないように、ルークは足でドアを蹴って閉め、ベッドにアビーを下ろした。

靴を脱ぎ、アビーの隣に倒れこむ。唇を彼女の唇に押しつけ、これ以上の抵抗の言葉をキスで封じるつもりだった。だが、アビーは自らルークの首に腕を回し、彼の舌が口に入りこんでくると小さく声をもらした。

アビーの唇は記憶どおり魅惑的だった。恍《こう》惚《こつ》となるほど長いキスがルークの体を燃えあがらせ、血をわきたたせた。

ルークはアビーの耳の後ろの脈打つくぼみを指でさがし当て、胸の谷間に舌を這《は》わせた。彼女の震えが伝わってきて、自制心が崩れ落ちていくのを感じた。

アビーがルークのズボンからシャツを引き出し、ウエストバンドをさぐってファスナーを下ろした。一瞬でズボンを脱ぎ去ったルークは、感じやすい部分を彼女にそっと撫《な》でられ、苦悶《くもん》に息をのんだ。

一瞬、避妊具を持ってこなかったことが頭をよぎった。だが、ここでアビーから離れて財布の中をさぐることなどできるはずがない。早く身を沈めてほしいと彼女にせきたてられ、ルークはついに正気を失った。生まれて初めて欲望のなすがままだった。

ルークの指がアビーの情熱の中心を見つけ出し、すべりこんだ。彼女が体をびくりと震わせ、こらえきれずに声をもらす。彼はもう待てなかった。

それ以上ためらわず、ルークは身を沈めた。アビーが彼を迎え入れ、締めつけてくる。体を弓なりにそらした彼女がたちまち高みに達し、ルークは抗議するようにうめいた。

もっと引き延ばしたかった。ほんの数秒でも長くアビーと一つになっている感覚を味わいたかった。彼女の熱い体を抱きながら、この行為の親密さにルークは頭がくらくらした。

だが、頂点に達したアビーから小波《さざなみ》のように押し寄せてくる刺激はあまりにも強烈だった。二人の胸がエロチックに触れ合う感触も。ルークは身震いし、なすすべもなく快楽の淵《ふち》に飛びこんだ。

誰かが顔をなめている。

アビーは目を閉じたまま、さえぎるように手を伸ばし……ふさふさした毛に触れた。

驚いて手を引っこめ、ぱっと目を開けた。ハーレーがベッドの上にのっている。アビーを起こそうとして顔をなめていたらしい。急いでベッドから飛びおり、ドアへ向かうところを見ると、外に出してほしいのだろう。

でも、ルークはどこ？

アビーは起きあがり、窓のほうに目を向けた。カーテンの隙間から銀色の光が細く差しこんでいる。夜明けがそれほど遠くない証拠だ。

身を乗り出し、ベッド脇のランプをつけた。キャビネットの上の時計を見ると午前五時前だった。ふだんならまだ起きる時間ではないが、ハーレーは見るからにそわそわしている。外に出して要求を満たしてやらなくては。

ベッドから足を下ろしたとき、裸の体に冷たい早朝の空気が触れ、アビーは身震いした。

バスローブはまだ居間に落ちているのだろう。Tシャツと古いスウェットパンツをさっとつかみ、身につけた。

キャンバスシューズをはくと、ハーレーのあとについて居間へ行った。昨夜、私がベッドへ行ったときは明かりがついていた。いいえ、〝私たち〟よ。アビーは腹立たしげに訂正した。だからルークが明かりを消したに違いない。

彼は今どこにいるの？

ハーレーが相変わらずそわそわしているので、アビーはカフェに続くもう一つの階段を下りていった。小さな裏庭につながるドアから犬を外へ出したとき、冷たい風を受けて身震いした。

体に余韻が残っていなければ、何もかも自分の想像だったのだと思うのは簡単だっただろう。アビーは自分の胸に触れた。とても敏感になっている。脚の間は、ルークの切迫した欲求を受けとめたせいで鈍くうずいている。あんな強烈なクライマックスを味わうとは想像もしていなかった。あれほどの衝撃はいまだかつて経験したことがない。

アビーは息を吸いこんだ。どう考えたらいいの？　ルークはここに来て欲望を満たすと、さよならも言わずに出ていったということ？

彼はそんなに無神経かしら？

ええ。

少し開けておいたドアが突然、ばたんと開いた。ルークかと期待して振り返ったが、ハーレーがいつものごほうびのビスケットを欲しがって飛びこんできたのだった。

「はいはい、わかったわ」鼻先を足にすりつけてきた犬に向かって、アビーは言った。「あなたがしゃべれたらいいのにね、ハーレー。そうしたら、あのろくでなしがいつ出ていったか教えてもらえるのに」

ゴールデンレトリーバーは同意するようにひと声吠《ほ》え、アビーとともに再び階上へ上がった。キッチンに入ると、彼女は犬用のビスケットが入った瓶を開け、ハーレーに一枚投げてやった。

「さあ、どうぞ」アビーの言葉を聞いて、犬がビスケットをくわえた。彼女は思わずむせび泣きそうになったが、かたくなに涙を抑えこんだ。「少なくともあなたは信用できるわ」

大きく息を吐き出してから、アビーはコーヒーマシンをセットし、コーヒーができるまでシャワーを浴びることにした。ベッドに戻ってもしかたがない。眠れないのはわかっている。

バスルームでは鏡に映る自分の姿を見るまいとしたが、どうしても見ずにいられなかった。服を脱ぐと、ルークの無精髭《ひげ》のせいで首や腹部についたすり傷が目に入り、うめき声をもらした。腿にもかすかな痣《あざ》があり、くしゃくしゃになった髪のせいで奔放で自堕落な女に見える。

最高だわ。アビーは心の中でつぶやいた。あとは客の誰かに気づかれれば言うことなしね。あるいはグレッグ・ヒューズに。そう思うと緊張を覚えた。グレッグはすでに私とルークの関係を疑っている。

しかし、実際にその話を持ち出したのは隣に住むジョーン・ミラーだった。

アビーはいつもより濃いめにメイクをし、喉元の隠れる服を着て、ルークの無精髭がつけたすり傷をうまく隠した。

それに、客はもともと自分のことにしか気が向いていないから、挨拶を交わす以上の関わりはほとんどない。再び雨が降りだしていて、客の話題ももっぱら季節はずれの寒さのことだった。

　そのあとローリーが来て、午前中に届く予定の新しい本について話していたとき、ジョーン・ミラーが店に入ってきた。

　ジョーンは感じのいい六十代後半の独身女性で、カフェにも書店にもよく来てくれる。本が大好きで、姉の孫たちのためにいつも編み物をしている。

「ああ、アビー」ジョーンが言った。「大丈夫だった？　ゆうべハーレーが吠えているのが聞こえたから、ようすを見に行こうかと思ったのよ。でも、大雨だったたし、もし何かあればあなたが言ってくるはずだと思って」

　アビーは内心うめいた。ローリーが好奇心をあらわにしてこちらを見ている。何かもっともらしい言い訳を考えなくては。

「ああ、大きな蜘蛛《くも》がいたの」アビーはそう言って、弱々しく笑った。「ハーレーが大の蜘蛛嫌いなのは知っているでしょう。本当に意気地なしなのよ」

「それならよかったわ」ジョーンが笑みを返した。「グレッグが話していた男性かもしれないと思って、心配していたの」

　アビーはジョーンをじっと見つめた。「男性って？」

「あら、数週間前にあなたに会いに来たモレリという男性よ。グレッグが請願書を出したから、私はその男性が来るんじゃないかと思っていたの」

アビーは思わず尋ねた。「請願書って、なんのこと？」

「まあ、請願書といったら一つしかないでしょう？」ジョーンが愉快そうに言った。「もちろん議会への請願書よ。この通りにある五軒の店を保全の対象として認めてもらうためのね。あなたも見たはずよ。この前聞いたとき、グレッグは百人以上の署名を集めていたわ」

7

「それで、彼らの請願が受け入れられる可能性はどれくらいあるだろう？」

メイフェアにあるベン・ステイシーのオフィスを落ち着きなく歩きまわっていたルークは一瞬足をとめ、もどかしげにベンをじっと見すえた。

「僕にはわからないな」四十代前半で、この四年ほどルークと一緒に仕事をしているベンがさして興味がなさそうに肩をすくめた。

「僕の仕事は不動産の仲介と評価だ。ときには文化財に指定された建築物を扱うこともあるが、それらはふつう歴史的、建築学的な重要性がある。今回取り壊す予定の店がそういう部類の建物だとは思ってもみなかった」

「僕もそうだ」ルークは苦々しげに言った。

「今回の請願はヒューズが僕にもっと高い補償金を払わせるために考えついたことだろう」

ベンがにやりとした。「署名は百以上集まっているらしいな」

「ああ。始めたのはヒューズだ。僕は確信している」

だが、本当にそうだろうか？　アビーが僕を快く思う理由はない。一週間前、店を訪ねたときに僕はひどい態度をとった。そしてそのあと……。

そのあとのことは考えたくない。とくに、自分がどんなに卑劣なふるまいをしたかは。僕は彼女を誘惑し、利用し、まだ彼女が眠っている間に逃げ出した。

アビーは決して僕を許さないだろう。もちろん僕も自分を許せない。あんなことをするためにアシュフォード・セント・ジェームズへ行ったのではなかった。本当はアビーと話をしたかったのだ。フェリックスが言っていた請願書のことを直接彼女にききたかった。

あの夜ドアを開けたアビーは、シャワーを

浴びたばかりだった。肌がほてり、とても温かそうで、僕は正気を失った。アビーが身をかがめてゴールデンレトリーバーを玄関ホールに引き戻したとき、バスローブの襟元から胸の谷間がちらりと見えた。

彼女のかぐわしい香りをまだ覚えている。その香りが肺を満たし、思考を麻痺《まひ》させ、階段を上がりきったころには手に負えないほど興奮をかきたてていた。

「それで、どうするつもりだ?」

ベンの声が聞こえた。四階の窓からぼんやり外を眺めていたルークは、うつろな目でベンを見た。

「なんて言ったんだい?」眉根を寄せて尋ねると、ベンが興味深げにルークを見た。

「請願のことだ」辛抱強く言い、それからベンも窓のほうに目を向けた。「やれやれ、いったい何が起きているんだ? 僕がこの五分間に話したことをまったく聞いていなかったとは」

「悪かった」ルークは気を取り直し、すまなそうにほほえんだ。「とりとめのない空想にふけっていた」

「ずいぶん真剣にふけっていたようだな」ベンが愉快そうに言った。「当ててみようか。女がからんでいるんだろう?」そこで少し間を置いた。「違うかい?」

ルークは黒髪をいらだちまぎれにかきあげ

た。「今回の請願には当然女性も関わっている。だが、それがどうした？」彼はベンの視線を避けた。「とにかく、今日じゅうに何か手を打ちたいなら、僕はもう行かないと」

「そうだな」ベンが椅子から立ちあがった。

「何か新たな展開があったら知らせてくれ」

「ああ、わかった」ルークはベンと握手をしてドアへ向かった。「もしこういう問題に詳しい人に会ったら、僕に連絡をくれるように言ってくれ」

「そうするよ」ベンはにやりとし、挑発的につけ加えた。「その女性に僕からよろしく伝えてくれ」


アビーがハーレーの夕方の散歩から帰ってくると、道の先に流線型のシルバーのベントレーがとまっていた。

空は雲におおわれ、また雨が降りはじめていたが、アビーは車を見て足をとめた。ベントレーに乗っているような人に興味はないが、そこにその車があるのは事実だ。

 ルークが訪ねてきた夜から一週間が過ぎた。あのあとアビーはグレッグ・ヒューズが提出した請願書について調べた。ルークがこの前会いに来た理由はそのことだったのだろう。私が裏で糸を引いていると思ったのだろうか？

でも……。まさか、そんなことはしていない。

ハーレーがしびれを切らしている。アビーが数分間、彫像のように突っ立っている間、犬は夕食を待っていたのだ。あれはルークの車かしら？　それとも私は神経質になりすぎているの？　たとえ彼の車だとしても、この通りにあるのは私の店だけじゃないわ。

ベントレーのドアが開き、アビーは本能的に身を硬くした。男性の声に名前を呼ばれると、口の中がからからに乾いた。ハーレーのうれしそうな鳴き声を聞くまでもない。車から降りてくるルークを、アビーは動揺しながらもじっと見つめた。

ルークのほうへ駆けていこうとするハーレーのリードをつかんでいるのはひと苦労だったが、アビーはどうにか犬を押さえていた。ルークが身をかがめ、まだ車の中にいる誰かに話しかけている。アビーは緊張しながらそのようすを見ていた。恋人だろうか？　そう思うと怒りがこみあげた。男性というのは、うまくごまかせるとなれば、誰でもハリーと同じように節操がないのだろうか？

ルークが体を起こした。紺色のスーツとブロンズ色のシルクのシャツ、紺色のネクタイを身につけたその姿は痛いほど見覚えがある。勝手に脈が速くなり、アビーはそんな自分がいやになった。最後に見たとき、彼は裸だった。私たちはお互いの必要から体を重ねていた。

いいえ、お互いの欲望からよ。アビーは心の中で辛辣に言い直し、いまだに膝の力が抜けそうになるルークの魅力に対抗するため、気を引きしめた。またここに来るなんて、どこまでずうずうしいのかしら。一週間前のあの晩、何も起きなかったかのように私がふるまうとでも思っているの？

ルークが落ち着いた声で言った。「やあ、アビー。店まで乗せていくよ。歩いていったら君も僕も濡《ぬ》れてしまう」

「あなたは仕事柄、慣れているでしょう」アビーはそっけなく応じた。「なんの用かしら、ルーク？　請願のことが心配なら、グレッグのところへ行ってちょうだい」

またスーツが濡れるのを気にするようすもなく、ルークは車を離れた。すると、ハーレーが興奮してさらに暴れた。

犬に引きずられそうになっているアビーを見て、ルークがもどかしげに言った。「放してやれよ、アビー。それとも水たまりに尻もちをつきたいのか？」

アビーは無視したが、家に帰るにはルークの車の横を通らなくてはならない。車の中を決して見ないようにしてハーレーを引っぱり、彼の前を通り過ぎたものの、やはり押さえきれなくなって犬を放した。

当然のことながらハーレーはルークに突進していき、その間にアビーは自分の家にたどり着くことができた。ポケットから鍵を取り出しながら、犬の前足のせいであの高価なスーツがどうなるか考えると、思わず満足の笑みが口元に浮かんだ。

ハーレーのためにドアは開けておかなくてはならない。もう夕食の時間だから、自分で帰ってくるだろう。アビーは濡れた靴を脱ぎ、それを持って急いで階上に上がった。いくらルークでもここまで追ってくるほど厚かましくはないはずだ。

キッチンに入り、コートを脱いで椅子にかけた。暖炉の上にある鏡は見ないようにしたが、雨に濡れた三つ編みと青白い顔がいやでも目に入った。それがどうしたの？　心の中でつぶやき、濡れた指で髪を撫《な》でつけた。自分がどう見えるかなんて、なぜ気にするの？　ルークにまた興味を示してほしいわけでもないのに。

階下のドアがばたんと壁にぶつかる音が聞こえた。

ハーレーだ。階段を上がってきて、絨毯《じゅうたん》の上を小走りに駆けていく。飲み水用のボウルへ向かったのだろう。散歩から帰ったハーレーはいつも喉が渇いている。

階下へ行って、ドアを閉めなくては。ルークが私の意図を察してくれればいいけれど。もし中に招き入れられるのを待って外をうろついているなら、お気の毒さま！

しかし、階段の上から見おろすと、ルークが玄関ホールに立っていた。ドアマットに水滴をしたたらせ、悠然とドア枠に寄りかかっている。

こちらを見た瞬間、アビーの顔をよぎった憤然とした表情に、ルークは気づいた。だが、僕が外で待っていると思っていたわけじゃないだろう？

いや、外で待つべきだったのかもしれない。またここに来てしまった自分がいやでたまらないが、どうしてももう一度アビーに会わなくてはならなかったのだ。彼女が僕に及ぼす影響や、二人の間に燃えあがる情熱をおおげさに考えすぎていたのだと証明するためにも。

だが、アビーを見あげ、ルークは悟った。自分の考えは決しておおげさではなかったのだと。

今日のアビーは細身のジーンズをはいていた。デニムが長い脚に張りつき、セクシーなヒップのカーブを強調している。オリーブグリーンのシャツの開いた襟元からは、魅力的な胸の谷間がのぞいている。メイクはほとんどしていないが、する必要もない。彼女の肌は桃のようになめらかだ。

出ていけとアビーに言われる前に、ルークは静かに言った。「上がっていいかい？　話がしたいんだ」

「なぜきくの？」アビーは冷淡に言った。

「私がなんと言おうと、自分のしたいようにするくせに」

「アビー……」ルークはため息をつき、ドアに鍵をかけてから階上へ上がっていった。

「僕に腹を立てているのはわかるが――」

「本当に？」

「だが、僕たちはお互いに言わなくてはならないことがある」

「そうかしら？」ルークが手を伸ばすとアビーは背を向け、部屋の中に戻った。「だったら、さよならを言うのがお互いにとってよき始まりになると思うわ」

ルークはかぶりを振り、アビーの言葉を無視して後ろ手に居間のドアを閉めたあと、キッチンへ入っていく彼女をじっと見つめた。

「この前ここに来たとき、自分が卑劣なふるまいをしたのはわかっている。せめてひと言、あやまらせてくれ」

アビーが戸棚からドッグフードの袋を取り出し、餌用のボウルを満たした。

「さあ、どうぞ、ハーレー」彼女は言った。ルークと話すときとはまったく違う声音だ。

「おなかがすいたでしょう？」

ルークはアビーに近づいていった。「君もおなかがすいているかい？」

「あなたになんの関係があるの？　夕食に招待するつもりはないわよ」

「わかっている」ルークはいらだちまぎれに息を吐き出した。「君を夕食に誘うつもりだったんだ」

アビーが彼と目を合わせた。「まさか本気じゃないわよね？」

「本気だ」ルークは一瞬ためらってから続けた。「おいしいステーキを出すパブが隣の村にあると父に聞いた。僕は君が思っているようなろくでなしじゃないと証明するために、何かさせてくれ」

「私にステーキをごちそうすれば、それが証明できるというの？」アビーがうたぐり深そうに言った。

「いや。だが、自分のふるまいを悔やんでいると君にわかってもらうために、少しは役に立つかもしれない」

アビーが唇をゆがめた。「もちろん、この話は請願とはなんの関係もないのよね？」

ルークは顔をしかめた。「君を夕食に招待することとヒューズの請願とはなんの関係もない」

「本当に？」

「本当だ」ルークはアビーの疑わしげな目をじっと見つめ、自分の真の望みは彼女に触れることだと気づいた。「ハーレーがいないところで、そして君の店の客にもじゃまされないところで、君と話をする機会が欲しい」

8

アビーはためらった。

断ったほうがいいのはわかっている。断るべきなのは。でも、私には気を変える権利もあるはずよ。

深呼吸をしてから、アビーは言った。「なんの話をしたいの？」それから皮肉っぽく唇をゆがめた。「話ならあの朝もできたのに、あなたは少しでも早く帰りたくてたまらなかったみたいね」

「店が開く前に僕がここから出ていくところを、近所の人に見られたかったのか？」ルークがそっけなく尋ねた。

アビーは信じられないと言いたげに笑った。「私の評判を守るために夜中にここを出ていったと言っているわけじゃないわよね？」

そう言われて顔を赤らめるくらいの礼儀正しさはルークにもあった。「ああ、そうじゃない。頼むよ、アビー。もう勘弁してくれ」

「この格好では出かけられないわ」アビーは時間を稼ぎながら、彼の誘いを受けるのはやはり分別がなさすぎるだろうかと考えていた。「それにあなたのズボンは濡《ぬ》れているじゃないの」

「そのうち乾く」ルークがのんきに言った。「それに、君はそのままで十分すてきだ」

アビーは彼に用心深い目を向けた。「嘘《うそ》ばっかり」

「本当だ」ルークの瞳が暗く陰った。「僕は心から言っている。疑う理由はないだろう。僕たちはベッドをともにしたんだから」

アビーは一瞬言葉につまった。「もう二度とあなたとベッドをともにするつもりはないわ」

「わかった」この調子では彼は何を言われても同意したのではないかと、アビーは思った。

「一緒に夕食に行こう」

「私はシャワーを浴びなくちゃ」ルークがしびれを切らして帰ることを半ば期待し、アビーは言った。

「あとにするんだ」ルークがきっぱりと命じた。「雨が降っているんだから。出かけたら、どうせまた濡れてしまう」

言い返すこともできたが、アビーはもうそうしたくなかった。彼と出かけて何がいけないの？　私は大人の女よ。この前、彼は私にひどい態度をとったから、借りを返す必要があるというだけでしょう？

それとも、私は自分に言い訳をしているだけかしら？　嫌うべきだとわかっている男性と一緒に過ごしたいあまりに。

「わかったわ」アビーはついに言い、寝室へ向かった。「すぐに戻るわ。ちょっと髪を整えたいの」

だが、部屋に入ると、わざとルークに聞こえるようにかちゃりと鍵をかけた。自分の行動をどうやって正当化しようと、もし彼が追いかけてきたら最後にはベッドに倒れこんでしまうのではないかと不安だった。

ばかね！

そのあと、おもしろくなさそうな顔のハーレーを居間に残して階下に下りたところで、アビーはふいに、さっきルークが一人ではなかったことを思い出した。車を降りたあと、彼が誰かに話しかけていたのは確かだ。

「待って」アビーは玄関のドアを開けようとしていたルークの腕に触れた。「あなたは一人で来たんじゃないでしょう？　もし車で待っているのが恋人の一人なら――」

「恋人は一人もいない」ルークが腹立たしげに言い、アビーの手を振り払った。「一緒に来て、フェリックスに会ってくれ」彼がドアを開けると、驚いたことに家の前にベントレーが待っていた。〝駐車禁止〟の標識はまったく関係ないらしい。

二人が近づいていくと、運転席から男性が降りてきた。ルークより少し年上に見える。やせていて髪が薄く、人好きのする顔立ちで、全身黒ずくめだった。

彼は二人に向かってほほえみ、後部座席に

回ってドアを開けた。「こんばんは、お嬢さん」礼儀正しく挨拶し、アビーが乗りこむのを待って言った。「まったく、ひどい夜だな」

アビーが驚いた顔をすると、ルークも笑った。「気にしないでくれ。フェリックスは仕事中だということを忘れているんだ」

アビーはかぶりを振った。「彼はあなたに雇われているの？」

「ああ」ルークは答え、アビーに続いて後部座席に乗りこんだ。「フェリックス・レイドローだ。僕の運転手であり、執事であり、ときには料理も作ってくれる。そうだろう、フェリックス？」

「まあ、そんなところだ」フェリックスが曖昧に答えた。「だが、ルークの言うことはあまり真剣に受け取らないでくれ、お嬢さん。僕とルークは古くからの友人だ。昔、僕たちは軍隊にいた。そうだよな、ルーク？」

アビーはルークが眉根を寄せているのに気づいた。まるで、もうやめろとフェリックスに警告するかのように。

だが、フェリックスはやめなかった。「ルークは僕の命を救ってくれたんだ、アフガニスタンで。もう十年以上前の話だが」

ルークの眉間のしわがいっそう深くなった。「車を出せ」彼は言い、ドアをばたんと閉めた。「チッターフォードの〈ベル〉という店へ行ってくれ。知っているだろう」

フェリックスは気を悪くしたようすもなく、目的地に着くまでとりとめのないおしゃべりを続けた。

実を言うと、アビーはありがたかった。フェリックスのおかげで無理に話をせずにすんだからだ。ずっと窓の外を眺めていたルークもたぶん同じ思いだったろう。

着いてみると、〈ベル〉は小さなパブだった。店に足を踏み入れたとたん、食欲をそそる匂いが鼻孔を満たした。おなかはすいていないと思っていたが、料理はとてもおいしそうで断る気にならなかった。

もちろん運転手は一緒に来なかった。食事が終わったら電話するとルークが言うと、フエリックスは満足げにうなずいた。

アビーとルークは二人用のテーブルに案内された。テーブルには糊《のり》のきいた白いクロスがかかり、一輪挿しの薔薇《ばら》と、薔薇と同じ色のシェードのランプが置かれていた。

「いいお店ね」アビーは言い、周囲をさっと見まわした。「前にも来たことがあるの?」

「いや。だが、父は来たことがある」そのときウェイトレスがやってきて、食前の飲み物を尋ねた。ルークはアビーが白ワインを好きなことを覚えていたらしく、彼女にシャルドネのグラスを、自分にはビールを注文した。

ウェイトレスが行ってしまうと、アビーはうなずいた。「そうよね。お父さまはバースに住んでいらっしゃるんだもの」会話を気軽なものにしておこうとして言った。「とてもすてきなお店だわ」

「君もすてきだ」ルークが危険なほどやさしい声でささやいた。

アビーはたちまち頬がほてるのを感じた。

「そんなお世辞を言う必要はないわ」彼の言葉にどぎまぎしている自分にいらだち、そっけなくつぶやくと、すぐにきっぱりと言った。

「フェリックスのことを話して」

「何を知りたいんだ?」

アビーは好奇心に満ちた視線を向けた。

「そうね……あなたがどうやって彼の命を救ったのかということかしら?」

「フェリックスはおおげさなんだ」

「そう?」アビーは疑わしげに眉をつりあげた。「そんな印象は受けなかったけど」

「あるとき僕が操縦していたヘリコプターがアフガニスタン南部に不時着せざるをえなくなった」ルークがぶっきらぼうに言った。

「それでフェリックスが怪我《けが》をして、僕がヘリコプターから彼を引っぱり出したんだよ」

「ヘリコプターは燃えていたの?」

ルークが唇をゆがめた。「僕をヒーロー扱いするのはやめてくれ」

アビーは彼をじっと見つめた。「でも、あなたはヘリコプターを操縦できるのね」

ルークがかぶりを振った。「別の話をしよ

う。君の両親はアシュフォード・セント・ジェームズの近くに住んでいるのかい？」

「いいえ」アビーはためらいがちに言った。「父は私が五歳のときに自動車事故で亡くなったの。母も……数年前に亡くなったわ」

「それはお気の毒に」その言葉は心からのものに聞こえた。短い沈黙のあと、ルークはウエイトレスが置いていったメニューを手に取った。「さて……何を食べようか？」

アビーは迷った末、前菜をアボカドと生ハムに、メインを帆立とバターソースを添えた鱸《すずき》に決めた。ウェイトレスが飲み物を持って戻ってくると、ルークは料理をオーダーした。

再び短い沈黙が流れ、アビーはその間にワインをひと口飲み、それから言った。「あなたはどうなの？　お父さまはバースに住んでいらっしゃるそうだけど、お母さまの話はしなかったわね」

「一緒に暮らしていないからだ」ルークがそっけなく答えた。「母は僕が十歳のときに出ていった。父は貧乏ではなかったが、母は父より金持ちの男を見つけたんだ」

「それで、あなたは今もお母さまに会っているの？」

「いや」ルークがその話をしたくないのは明らかだった。「最後に聞いたとき、母は四度目の結婚をしたところだった。どこにいるかは知らないし、別に知りたくもない」

ルークの言葉に耳を傾けていたアビーは、本当は母親のことを気にしているのではないかと感じた。そこで思いきって尋ねた。「だからあなたは結婚しないの?」

すると、ルークは驚くほど激しい口調で応じた。「僕は結婚していたんだ、アビー。君と出会う前につき合っていた女性と」

「あら」今度はアビーが困惑する番だった。

彼女は唇を引き結び、挑むように言った。

「じゃあ、あのときはあなたも自由の身ではなかったのね」

ルークの表情が険しくなった。「いや、自由の身だった。僕は結婚するつもりはなかった。それは誰の目にも明らかだったはずだ」

ふいに言葉がとぎれた。「結婚生活は長くは続かなかった。今言ったように、僕は女性と深い関係を築くつもりはないんだ。だが、そのせいでソニアが傷つくことはなかった。彼女は指輪を受け取る前に、僕の預金残高を確かめていたはずだから」

アビーはかぶりを振った。「ずいぶん皮肉屋なのね」

「僕を責めるのか? 自分はそうじゃないと言うつもりなんだろうな」

「ええ、そうじゃないと思うわ」アビーは即座に言った。「でも、私にはあなたよりも皮肉屋になる理由があるんじゃないかしら」

ルークが軽蔑をこめてアビーを見た。「君はあくまでも自分のしたことを正当化できると信じているんだな。僕が君のために涙を流さなくても、許してくれ」

アビーは唇を固く結んだ。すぐにも店を出ていきたかったが、ちょうどそこへウェイトレスが料理を運んできた。今席を立っては悪いと思い、ルークをにらみつけるだけで我慢した。

ようやくウェイトレスが立ち去ると、アビーは憮然《ぶぜん》として言った。「あんなひどいことを言っても私が帰らないと、本気で思っているの？」

ルークがため息をついた。「さっき言ったことをあやまるつもりはない」

「あなたがあやまるとは思っていないわよ」少し間を置いて、アビーは言った。「タクシーを拾って家に帰るわ」

しかしルークは、席を立とうとしたアビーを引きとめた。「わかった。過去の話を蒸し返すべきではなかった」彼女の手首をつかみ、かすれた声で言った。「行かないでくれ。過去に何があったとしても、僕はまだ君を求めているんだ」

ルークの浅黒い手を見おろすと、アビーは胃が締めつけられた。今ここで彼を求めていないふりをしても意味がない。

だが、心が望んでいるのと、ただ欲求に駆

られているのとではまったく意味が違う。今回はなんとしても冷静さを保たなくては。

アビーはルークにつかまれた手首を引き抜き、静かに言った。「私にどうしてほしいの?」

「ここにいてくれ」ルークが即座に言った。「僕が礼儀正しくふるまえば、楽しい時間を過ごせるだろう。料理はとてもおいしそうだし、あんなことを言ったが、僕は君と一緒にいると楽しいんだ」

「本当に?」

ルークのまなざしがアビーをとりこにした。

「君は知っているはずだ」

アビーは力なく息を吐き出した。「わかったわ」そう言いつつ、あとで悔やむに違いないとほとんど確信していた。「この料理を無駄にするのはあんまりだもの」

「君は信じられないくらい寛大だな」ルークがそっけなく言い、またもや抗議しようとしたアビーにてのひらを向けた。「食べてくれ。そしてワインを飲んでくれ。よく言うじゃないか、アルコールには猛獣もなだめる力があると」

「それは音楽でしょう」アビーは笑みをこらえきれなかった。「でも、確かにこのワインはおいしいわ」

激しい口論で始まったにもかかわらず、驚いたことに、その店での数時間はアビーの人生で最も楽しいひとときとなった。

挑発したり皮肉を言ったりしないときのルークは、一緒にいてとても楽しい相手だ。もっとも、ワインバーで出会った夜を思い出せば、それは最初からわかっていたことだった。

状況が違えば、ルークを愛することができたのに。そう思うと、アビーはせつなくなった。母の容態があんなに深刻でなければ、暴力的な夫とすぐに離婚していただろう。

午後十時過ぎ、フェリックスが二人をアシュフォード・セント・ジェームズまで送り届けてくれた。アビーはすでに、翌朝は卸売り業者のもとへ仕入れに行くために五時には起きなくてはならないとルークに伝えていた。

さらに、七時半に店を開けるまでにスコーンとマフィンを焼き、コーヒーマシンの準備をしなくてはならないことも。だからあまり遅くならずに帰りたいという要望を、ルークは快く受け入れてくれた。

しかし家に着くと、アビーはコーヒーに誘わなくては申し訳ないと感じた。あんなにすばらしい食事をごちそうになったのだから、せめてコーヒーくらい出さなくてはと。

「もしよければ、フェリックスも一緒に」運転手も加わってくれることを半ば期待し、アビーは言い添えた。

だがフェリックスは、これから遅い夕食をとるつもりだからと辞退した。ルークは、帰る準備ができたらまた電話をすると彼に告げた。

家に入ると、ハーレーのおかげで緊張がやわらぎ、アビーはほっとした。犬はルークを熱烈に歓迎し、うれしそうにうなりながら彼の脚にまとわりついた。

その間にアビーはキッチンへ行き、コーヒーマシンをセットした。インスタントコーヒーのほうが簡単だが、香りがまるで違う。

そこで遅ればせながら、ルークもキッチンに入ってきていたのに気づいた。テーブルにもたれて立つ彼は、ネクタイをゆるめ、シャツのいちばん上のボタンをはずして袖をまくりあげている。

いつジャケットを脱いだの？　それに、なぜ私は一糸まとわぬ彼の姿を思い浮かべているのかしら？　彼はブロンズ色のシャツと紺色のズボンを身につけているのに。

それはルークがたまらなくセクシーだからよ。アビーは無理やり彼から視線を引き離し、コーヒーをいれることに集中した。いやおうなく彼に惹《ひ》かれてしまう気持ちを必死に無視して。

とはいえ、ハーレーを別にすれば、今この家にいるのは二人だけだ。その事実を意識すると体が熱くほてり、官能に目覚めるのを感じた。そして、自分の肉体的な欲求を痛いほど意識した。それがどんなに好ましくないものだとしても。

そのせいで少しきつい言い方になってしまった。「居間に座っていたら? あなたがいると緊張してしまうのよ」

ルークが黒い眉の片方をつりあげた。「そうなのか?」

「知っているくせに」アビーは語気を強めた。

「人を困らせるのが楽しいの?」

ルークは彼女をじっと見つめた。「僕は何か見逃しているかい? 君にいらだちをぶつけられるようなことを何かしたかな?」

アビーは唇を引き結んだ。「何もしていないわ」自分の理不尽さを悟って言った。「私、ちょっと疲れているみたい。長い一日だったから」

「だから僕に帰ってほしいというのかい?」

帰ってほしいですって? いいえ!

アビーはカップを並べていた手をとめ、顔を上げてルークと目を合わせた。自分が危ない橋を渡っているのはわかっていた。

「あなたは……自分がいちばんいいと思うことをすればいいわ」この会話がどこへ向かっているかわからないまま、アビーは言った。

「あなたがここにいようと帰ろうと、私にとっては同じことよ」

9

もちろん、同じはずはない。ルークが再び口を開いたとき、アビーは自分の過ちに気づいた。

「もし僕が君とベッドに行きたいと言ったら?」ルークが寄りかかっていたテーブルから離れ、軽い口調で尋ねた。「その望みはかなうのかな?」

アビーは息をのんだ。「出かける前に言ったはずよ。私は――」

「ああ、君がなんと言ったかは覚えている。わかったよ」アビーがコーヒーカップをのせたトレイを持つと、ルークは脇にどいた。「礼儀正しくコーヒーを飲もう」

アビーは居間へ行き、暖炉の前のローテーブルにトレイを置いた。それはつまり、ソファに座らざるをえないということだ。

案の定、ルークはアビーの隣に腰を下ろした。彼の体重でクッションが傾き、アビーはバランスを取るために端のほうへ移動した。それからルークにカップを渡した。

「ありがとう」コーヒーを受け取ると、彼は少し皮肉めかして言った。「ここはなかなか居心地がいいな」

「じゃあ、私がここを離れるのをどんなに残念に思っているか、わかってくれるわね」

ルークが息を吐き出した。「なるほど。じゃあ、君は本当に請願について話すために僕を部屋に入れたんだね？」彼はトレイにカップを戻した。「ヒューズが百人以上の署名を集めたと聞いたが、君も協力したんだろう？」

「していないわ」アビーはそっけなく言った。

「ジョーン・ミラーに話を聞くまで、私は請願のことなんて何も知らなかったのよ」

ルークの眉根が寄った。「僕が信じると思うかい？」

「信じたいことを信じればいいわ」アビーはいきりたち、言い返した。「私は嘘《うそ》はついていないもの」

「だが、ヒューズの考えには賛成しているはずだ」ルークが言い張った。「ここを離れるのはとても残念だと今言ったじゃないか」

アビーはため息をつき、正直に認めた。「ここを離れるのは残念よ。でも、グレッグの請願のことは何も知らないわ。彼は私が署名しないと思ったんでしょう」

「ルークがいぶかしげにアビーを見た。「どうして？」

アビーは辛抱強く言った。「グレッグは私とあなたが……友達だと思っているからよ。彼だってばかじゃないわ。あなたがカフェに現れる前から私たちが知り合いだったことくらい気づいたはずよ」

「それで、君は彼になんて言ったんだ？」

「何も言っていないわ」アビーはきっぱりと答えた。「なんて言うべきだったの？　私たちは五年前にワインバーで出会ったって？　あなたは私が不貞な妻だと知らず、危うく私の名誉を守ろうとするところだったって？」

いったん言葉を切り、さらに続けた。「それとも、あなたは復讐《ふくしゅう》するために一週間前にここで私を誘惑したって言ったほうがよかった？　ロマンス作家ならどんなふうに言うかしら？　あなたが卑劣なやり方で私を誘惑し、さよならも言わずに姿を消したことを」

ルークが肩をいからせた。「それは違う！」

「何が違うの？　あなたは実際私とセックスをしたじゃないの」

ルークが顔をしかめた。「卑劣なやり方で君を誘惑してなどいない。君ははっきり僕を拒絶したわけではなかったはずだ」

アビーはソファから立ちあがった。「もう帰って」

「どうして？」ルークの黒い瞳がアビーの目を射抜いた。ひと呼吸置いてから、彼は穏やかに言った。「僕が君を求めていたほど君は僕を求めていなかったと、本気で言えるのか？」

アビーはすでにドアへ向かっていた。「と

にかく帰って」ルークを見るのも耐えられず、顔をそむけた。「今さらこんな話をしてもしかたがないわ」

「ああ、そのとおりだ」ルークは立ちあがり、アビーのあとを追った。なんとか注意を引こうとするハーレーの試みを無視し、アビーの腕をつかんで引き寄せる。そして、いい香りがする彼女の首元に顔をうずめた。「言い争うのはやめよう、アビー」

「こんなことはしないで！」

「どうして？」ルークは舌でアビーの耳の下の脈打つ部分をさぐり、片手でやさしく彼女の頬を撫《な》でた。そして親指で唇を開かせ、口の中に指を差し入れた。「こんなことはしたくないと心から言えるのか？」

アビーはルークの親指を舌でさぐらずにいられなかった。下腹部には渇望が渦巻いている。ルークは麻薬のようだ。一度味わうと、また味わわずにいられない。

ルークの手が胸に下りてきて、張りつめた先端をシャツの上から撫でると、アビーの中に否定しようのない感情がわき起こった。彼に屈して何がいけないの？　彼に触れられる喜びをなぜ否定しようとするの？

「帰ってほしいか？」ルークがハスキーな声で尋ね、彼女の唇を自分のほうに向けさせた。

哀れにも、アビーはもう抵抗できなかった。ルークのなすがまま唇を奪われ、貪欲に差しこまれてきた彼の舌を受け入れた。

　頭がくらくらした。さっき飲んだワインのせいではない。彼のキスによってかきたてられた渇望のせいで恍惚《こうこつ》となっていた。ルークの体が発する熱気に包まれると、アビーは欲望の繭の中にいるような気がした。

　ルークの胸に当てた手から、速くなった鼓動を感じる。アビーは飢えたように彼のシルクのシャツをつかんだ。

　ボタンを二つ引きちぎってシャツの前を開き、胸に唇を押し当てると、ルークがしわがれ声で抗議した。「アビー……」

　アビーはそれを無視した。ルークの胸がうっすらと胸毛におおわれていることはもう知っている。さらにその胸毛が矢印のように臍《へそ》の下に達し、ズボンの生地を押しあげる高まりへと続いていることまでありありと思い出した。

　ルークはまさに誘惑の魔手だった。そして、アビーが長い間封じこめてきた記憶をよみがえらせた。

　もう何年も前のルークの記憶。ハリーと住んでいたアパートメントの駐車場にとめたルークの車の中で、キスされたこと。彼に電話をかけるとき、どんなに緊張したか。あのワインバーで、私を信じるなんてどうしようもない愚か者だとハリーに言われたとき、ルークがどんな顔をしたか……。

それで私は今、何をしているの？　たやすく言いなりになる女だとルークに思われたいの？　でも、現に彼に対してはそういう女になってしまう。

キスが激しさを増し、ルークがさらにアビーを引き寄せた。彼のズボンの中の高まりがはっきりと感じ取れた。

ルークの片脚が強引に腿の間に入りこんできたとき、ハーレーが哀れっぽい声で鳴き、アビーは心ならずも正気に返った。犬は無視されているのが気に入らないのだろう。あるいは、この前どんなことが起きたか、飼い主に思い出させようとしているのかもしれない。

ルークが私を求めているからといって、現実から目をそらしてはいけない。彼はいまだに、私が贅沢《ぜいたく》な暮らしを続けるためだけにハリーと別れなかったのだと信じている。私は気晴らしにルークと情事を楽しもうとした金持ちのわがまま女だと。

彼が真実を知ってくれさえしたら。私の話に耳を貸してくれてさえいたら……。

以前、事情を話そうとしたのに、ルークは聞こうとしなかった。

それだけではない。今回はルークが私やほかの店主たちから生計の手段を奪おうとしていることを忘れてはならない。

アビーは大きく息を吸いこんで身を引き、二人の間にどうにか距離を取った。そして、現ごくりと唾をのみこんでから言った。「ちょっと話をしてもいい?」

ルークは眉根を寄せ、かすかに震える手で乱れた髪を撫でつけた。「本気じゃないだろう?」

「本気よ」

「僕たちの間に何が起きているかはわかっているはずだ、アビー」ルークの顔は赤らみ、声にはいらだちがこもっている。「今ここで、いったいなんの話をしたいというんだ?」

アビーは彼をじっと見つめた。「ハリーのことを話したいの」

「冗談だろう?」ルークがあきれたように彼女を見た。

アビーは唇を噛《か》みしめた。「なぜハリーと別れずにいたのか、どうしてもあなたに話す必要が――」

「やめてくれ」ルークが苦々しげに彼女を見た。「君がなぜローレンスと一緒にいたかはわかっている」

「いいえ、わかっていないわ」

「僕はばかじゃないんだ、アビー。彼は金のなる木だった。金目当てに結婚する女は君だけじゃない」

「あなたは何から何まで間違っているわ」

「そうか?」ルークはひと呼吸置いて言った。「とにかく、僕がそんな関係を求めていると は思わないでくれ。五年前のことからはもう立ち直ったんだ」

アビーはにらむようにルークを見つめた。

「じゃあ、私が自ら進んであなたの愛人になると本当に思っているの？」

「もちろん」ルークは簡潔に答えた。

アビーは爪がてのひらにくいこむほど強く手を握りしめた。「この前あなたにあっさり抱かれたからって、私は娼婦《しょうふ》になったわけじゃないわ！」怒りをこめて言い返しながら、心の中では彼を蔑むのと同じくらい自分を軽蔑していた。

「僕がそんな言葉を使ったか？」ルークがいらだたしげに目を細くしてアビーを見た。

「使う必要はないわ」

「すまないが」ルークが皮肉たっぷりに言った。「夫をだましていた女性に同情するのはむずかしい」

「あなたは私たちの結婚生活について何も知らないのよ」

「別に知りたくもない」ルークが言い返し、ジャケットに手を伸ばした。「君の言うとおりだ。僕は帰ったほうがいい」

「そうね」アビーは必死に無関心を装って言った。

だがルークは、ジャケットをつかんで出ていく前にアビーのスカートの裾をすばやくめくりあげた。アビーはあとずさろうとしたが、彼の指の誘惑にあらがうことはできなかった。

ルークが我が物顔で、あらわになったアビーの腹部に広げた手を当てる。彼に触れてほしい。アビーは絶望的な気分でそう思った。愛撫《あいぶ》を期待し、手足の力が抜けていく。

ルークはアビーを再びソファに引き寄せて、彼女の上におおいかぶさった。

それから唇を奪い、傲慢な口ぶりでささやいた。「さっき君は僕の愛人になることについてなんて言ったんだったかな?」

10

エディンバラから戻ったルークは不機嫌だった。

予想どおり天気は悪く、出席した会議は途方もなく退屈だった。それに加え、最後の三日間は主催者の娘からの誘いをかわすのに大半の時間を費やした。彼女はどんな男性も自分に心を奪われるはずだと固く信じているようだった。

幸い、フェリックスが迎えに来てくれたの

で、帰りの飛行機でも彼女のあからさまな誘惑を退けるのに苦労するという事態は避けられた。

とはいえ、ロンドンまでの道のりは長く退屈だった。初めのうちはノートパソコンを開いて仕事をしていたが、作業がひと段落したあとはずっと窓の外を眺めていた。

フェリックスはルークを楽しませようと最善を尽くした。しかし、ルークは短くそっけない返事しか返さなかった。しばらくして、フェリックスが音楽をかけてもいいかと尋ねた。

ルークは反対しなかったが、運転席と後部座席の間の仕切りを上げた。フェリックスにとってはそれが十分な答えだった。彼は音楽を消し、それからイートン・クローズに着くまで沈黙が車の中を支配していた。

家に帰ると、ルークはシャワーを浴びて楽な服装に着替えた。家政婦のミセス・ウェブがおいしい夕食を用意してくれていたが、スモークサーモンを食べ、豚の蒸し煮を少しついただけで、チョコレートムースには手をつけなかった。

テーブルを片づけながら、ミセス・ウェブが不満げに舌を鳴らした。しかし、賢明な彼女は食欲のない主人をとがめるような言葉は口にせず、書斎でコーヒーを飲むかと尋ねた。

「ああ」テーブルを離れながら、ルークは無理やりほほえんだ。「それはいいな」

　もっとも、〝コーヒー〟という言葉を聞いただけで心がかき乱された。アシュフォード・セント・ジェームズのアビーの部屋に行ってから、もう数週間が過ぎた。なのにその記憶はまだ鮮明で、アビーに対する自分の態度がまたしても立派なものではなかったことを思い出させた。

　なぜ再びアビーに会いに行ったのかと、何度自問したかわからない。彼女との関係を続けようとしたわけではなかった。それどころか、当初の目的は自分がアビーの考えているような男ではないと証明することだった。

　それは完全な時間の無駄に終わった。

　前回ベッドをともにしたあと、さっさと逃げ出したことをあやまりたかったと弁解することはできる。しかし、アビーが自分に対して無関心な態度を見せたとたん、プライドが頭をもたげた。その結果、良心は分別とともに消え失《う》せた。

　それでも、アビーと出かけた夕食は楽しかった。あまりにも楽しすぎた。だから今、こんな状況に陥っているのだ。あの晩、またもやアビーに魅了され、赤い血の流れる男なら誰でもしたはずのことをして、彼女を抱いた。激しく情熱的なセックスだった。決して頭から追い出すことのできないセックスだった。

　アビーにはどうしようもなく欲望をかきた

てられる。手を触れずにいるのは不可能だ。

だが、それが言い訳になるだろうか?

いや、ならない。

本当はあのままアビーと一緒にいたかった。

だが、フェリックスを待たせていた。そして僕は、後ろめたさを感じることはないと自分に言い聞かせた。

しかし、せめてあとから電話をかけて気遣いを示すべきだった。

正直に言うと、アビーが今も自分の心をかき乱すのが気に入らない。これまでどんな女性に対してもこんなふうになったことはなく、不安でたまらない。

この数週間はとても忙しく、仕事以外のことを考える暇はないはずだった。会社の戦略を決める重役会議や予算についての話し合い、財務会議にも出なくてはならなかった。今回のエディンバラでの退屈な会議も、どうしても出席する必要があった。

アビーのことは忘れてしまえるはずだった。彼女は天使でもなんでもない。夫を裏切っていたことを思えば、むしろ悪魔だ。それなのに、相変わらず彼女のことばかり考えている。

朝起きると、頭がずきずき痛んだ。

頭痛がしたり、ベッドを出てすぐに吐き気に襲われたりするのはアビーにとってはめったにないことだった。だが、最近そんなことが続いている。流感でなければいいけれど。八月半ばだというのに、世間では流感がはやっている。

でも、この頭痛はおそらく今の時期の暑さと湿気が原因だろう。

バスルームへ向かいながらめまいがして、部屋が揺れているように感じたが、どうにかトイレまでたどり着いた。実際に吐いたのは今日が初めてだ。幸い、胃はほとんどからっぽだった。昨夜はベイクドビーンズトーストしか食べなかったからだ。それでも、ようやく立ちあがれるようになったころには、ベイクドビーンズトーストは二度と食べるまいと思っていた。


ありがたいことに、吐いたあとはかなり気分がよくなった。

アビーはシャワーを浴びて着替え、ハーレーを裏庭に出すために階下に下りた。今朝は何かおかしいと感じ取ったらしく、ハーレーはアビーのそばをうろうろしていた。だが、命令されると外に出て用をすませてきたので、アビーはいつものようにごほうびのビスケットをやり、安心させるように抱きしめてやった。

そのあと階上に戻り、ハーレーの朝食を用意してから、また急いで階下に下りてコーヒーマシンをセットした。いつもより少し遅くなってしまったため朝食はとらず、紅茶を飲んだ。

今日は仕入れに行かなくてもいい日だから、すぐにマフィンやスコーンを焼きはじめられる。だが困ったことに、生地の匂いをかぐとまたもや吐き気を覚えた。むかつく胃を落ち着かせるために、しかたなくバターなしのトーストを用意した。トーストをおなかに入れるとまた気分がよくなり、無事にマフィンとスコーンを焼きあげることができた。ローリー以外にもう一人、手伝いを雇うことを真剣に考えなくては。オーブンからマフィンを取り出しながら、アビーはそう思った。だがそのあとで、人を雇うという考えがどんなにばかげているかに気づいた。

あと数カ月でこのカフェはなくなってしまうのだ。人を雇う計画を立てる代わりに、ここが取り壊されたあとどこに住むか、どこで働くかを真剣に考えなくては。

正直に言うと、ルークはもう自分に会うつもりがないのだと悟ってからは、将来について考えるのをわざと避けていた。あれからもう数週間たつが、彼は電話一本かけてこない。あとから考えると、ルークを家に入れたのは間違いだった。トラブルを招くとわかっていたはずだ。でも、あんなに楽しい夜を過ごしたあと、さっさと帰らせるのは無作法に思えた。

いいえ、それも言い訳だったのよ。アビーは声に出さずにつぶやいた。心の奥底では、あの夜が終わってほしくないと思っていた。なんて愚かなの！　愛人になるつもりはないと言っておきながら、よりによってソファの上でルークに抱かれてしまうとは。でも、二人とも一刻も早くお互いの肌に触れたかった。もしソファがなければ、床の上で体を重ねていただろう。

それに、自分の弱さをルークのせいにするべきではない。分別を失っていた私は、彼に要求されればどんなことでもしていたはずだ。

ルークが手ではなく舌を使って愛撫《あいぶ》しはじめたとき、抵抗するつもりだったのに、気がつくと自分から脚を開いていた。ルークが脚の間に顔を押しつけてくると彼の髪をつかみ、またたく間にクライマックスに達した。

そのあと、ルークがなめらかな動きで身を沈めてくると、思いもよらないことに再び高みへと向かった。ルークを受け入れ、彼に満たされる感覚は信じられないほど刺激的だった。ルークが欲望を解き放ったときには、その喜びを分かち合った。

あの夜、少なくともルークはすぐに私から逃げ出さなかった。あるいは、私がそう思いたいだけかもしれない。深夜、彼がさよならと言って帰ったあとで。

別れ際にキスをしながら、ルークとはまた

会えると確信していた。ルークの体の高ぶりがおさまっていないのがわかったし、彼がまだ帰りたくないと思っているのも明らかだったからだ。でも、フェリックスが待っていたからしかたがなかった。

ときどき、自分の過去も未来もあの男性に縛りつけられているように感じる。五年前、彼は私の人生に大きな影響を与え、今もまだ与えつづけている。

結局のところ、ルークと関わったことで私の結婚生活は破滅へ向かった。でも本当は、彼のせいではない。結婚の誓約を危うくしたのは私だ。だから私はその過ちの代償を払った。

そして今、ルークはまたもや私の人生に破滅的な影響を及ぼしつつある。それはフェアなこととは思えない。

アシュフォード・セント・ジェームズに移ろうと決めたとき、不幸な結婚生活とも決別しようと決心した。ルークにもハリーにも、もう二度と会うことはないと思っていた。ルークのほうもまた私と会うとは思ってもいなかっただろう。最初にこの店に入ってきた朝、彼は私以上にショックを受けていた。

まさに信じられないような偶然だ。焼きあがったマフィンをオーブンから取り出し、冷却トレイに置きながら、アビーはかぶりを振った。人生というのは本当に予想がつかない。

そして、いわれもなく残酷だ。

別の時期に、別の場所で出会えていたら、私とルークは本物の恋人同士になれたかもしれない。なれたと思いたい。ルークは精神的にも肉体的にも私を満たしてくれる。彼は私の人生を、私の体を完全に支配している。ほかの誰も入る余地がないくらいに。

私は彼を愛しているの？

どこからともなく、そんな考えが浮かんだ。

アビーはため息をついた。本当は五年前もルークを愛せた。だからあのとき、思いきってあんな行動に出たのだ。夜遅くルークに電話をかけ、ハリーが来ないとわかっている場所で会おうと誘った。

電話を手に取るだけでありったけの勇気が必要だった。あれはハリーと言い争ったあとで、どうしても誰か別の人と話がしたかった。私が口にする言葉をすべて脅しの材料に変えてしまわない誰かと。

ハリーはその達人だった。いつも私のことを信用できないと言っていたけれど、今ならわかる。彼は自分のしていることを正当化するために、私を悪者に仕立てていたのだ。

あの晩、ハリーがさらにばかばかしい言いがかりをつけてきたとき、アビーは殺されるのではないかと怖くなった。ハリーは明らかに妻を脅して楽しんでいたが、アビーの首に手を回した瞬間、自分の暴力性に動揺しているように見えた。そして、行きつけのクラブへ行く、朝まで帰ってこないと言い残し、足音も荒く出ていった。体を震わせ、おびえている彼女を残して。

数分間、アビーはただ横たわっていた。感覚が麻痺《まひ》していて動けなかった。ドアが閉まる音が聞こえたが、ハリーがもういないという確信はなかった。以前、ありもしない証拠をつかもうとして、出かけるふりをしたあとすぐに戻ってきたことがあったからだ。

それでもようやく、まだ生きていることに感謝してどうにか立ちあがり、体を引きずるようにしてバスルームへ行った。怪我《けが》の具合を調べ、血が出ていないことを確かめたかった。ハリーが目に見える暴力の跡を残すことはまれだったものの、その夜の彼は完全に自制心を失っていた。

腕や胸の下に痣《あざ》ができ、首にも紫色の指の跡がついていた。痣に触れ、痛みにひるみながら、ハリーは私が死ぬまで暴力を振るうだろうと思うと恐ろしくなった。

しばらくの間、シャワーの下にじっと立ち、その数時間の記憶を頭から消し去ろうとした。だが、いくら熱い湯を浴びても、体の中から生まれてくる寒気を消し去ることはできなかった。

そのとき、ルーク・モレリがくれた名刺のことを思い出した。アビーはシャワールームを出てよろめきながら寝室へ行き、名刺がまだ隠し場所にあるように願った。

それは下着の下というありふれた場所で、ハリーが引き出しをさぐって見つけてしまったのではないかと不安だった。だが、彼は非難の言葉を浴びせつつも、実のところ妻が不貞を働いているとは思っていなかった。そんなことをしたら療養中の母親がどうなるかわからないと心底恐れているのを知っていたのだ。アナベル・レイシーの病気のおかげで自分は妻に対して絶大な力を持っていると、ハリーは信じて疑わなかった。

あの晩、ルークに会いに行ったのは、人生で最も無謀な行為だった。〈パーカー・ハウス〉で待っている彼を見つけたときに感じたぞくぞくするような興奮は、一生忘れないだろう。

長身で浅黒いルークはどうしようもないほどゴージャスだった。

アビーはただひたすら彼の胸に飛びこみたかった……。


午前十時近く、ローリーが書店からカフェへコーヒーを飲みに来た。

忙しい朝で、アビーはいつになくだるさを感じていた。たぶんいろいろなことを思い悩んでいたせいだろう。だが、ローリーの姿を見ると、少し元気が出た。

「お疲れさま」アビーは言い、マグカップに手を伸ばした。「私も一緒に飲もうかしら」

「そうしましょう」ローリーがにっこりしてカウンターに肘をついた。三十代前半で、ほっそりした体型の魅力的な女性だ。「忙しさはひと段落したみたいね」

「ようやくね」アビーはうなずき、二つのカップにコーヒーをついだ。「バナナマフィンはいかが?」

「私も甘いものが欲しいと言いたかったの!」ローリーがうれしそうに鼻をくんくんさせた。「もし私が朝から晩までここにいたら、商品の味見ばかりして過ごしてしまうわ」そう言って顔をしかめる。「あっという間に丸々と太ってしまうでしょうね」

「あなたは大丈夫よ」アビーはマフィンを皿にのせてフォークを添え、ローリーに渡した。

「さあ、どうぞ。食べてみて」

「いただきます」ローリーがマフィンをほおばるのを見ながら、アビーはカプチーノをひと口飲んだ。ローリーの顔はいかにも幸せそうだ。「とってもおいしい!」

「気に入ってくれてよかった。この前見つけた新しいレシピで――」

突然、アビーは吐き気に襲われた。今さっきひと口飲んだ熱く濃い液体が逆流してきて、喉につまった。ローリーに向かって詫《わ》びるように片手を上げると、備品を置いているスペースの裏手の小さなバスルームへ駆けこんだ。

アビーはまたもや激しく吐いた。胃の中にはほとんど何もなかったが、それでも吐き気はおさまらなかった。ようやく落ち着き、手ですくった冷たい水を顔にかけていると、ローリーが開いているドアをノックした。

「アビー?」心配そうな声だ。「大丈夫?」

アビーはティッシュで顔をぬぐい、振り返ると、弱々しくほほえんだ。「もう大丈夫よ。ごめんなさい」

「あやまらないで」ローリーが近づいてきて、アビーの肩を抱いた。「しょっちゅうそんなふうになるの?」

「いいえ」シンクに寄りかかり、アビーは言った。「ここ数日、少し気分が悪かったんだけど、実際に吐いたのは今日が初めてよ」

「原因はなんなのかしら?」

アビーは肩をすくめた。「わからないわ。たぶん何か悪いものでも食べたんでしょう。店を閉めたほうがいいかしら?」

「あなたの具合しだいね」ローリーはアビーの肩にのせていた手を下ろした。「最近食べたもので疑わしいものはある?」

「さあ……すぐには思いつかないわ」

ローリーが唇を噛《か》みしめ、おずおずと尋ねた。「気を悪くしないでほしいんだけど、妊娠している可能性はない?　あなたはこの二週間くらい、少し……その……やつれて見えるわ」

アビーは仰天し、ローリーを見つめた。

「妊娠?」彼女の言葉をそのまま繰り返す。

「私は……いいえ。もちろんありえないわ」

ローリーがきまり悪そうに身じろぎした。

「でも、あなたはここの地所を買い取った男性と会っているんでしょう? そう、ルーク・モレリと。何週間か前、ここに来た彼を見て、すぐにわかったの」彼女は顔をしかめた。「ゴシップ誌で何度か写真を見たことがあるのよ。彼はいつも華やかな社交界の有名人を連れて、チャリティパーティや映画の試写会に現れているわ。彼みたいな人がどんなか、あなたもわかっているわよね?」

張りつめた沈黙が流れる中、アビーはただじっとローリーを見つめていた。それから用心深く言った。「でも、どうして私が彼と会っていることを知っているの?」

ローリーがため息をつき、白状した。「グレッグに聞いたのよ。彼はものすごいおしゃべりなの。彼の話を信じるつもりはなかったけど、ジョーン・ミラーも言っていたのよ。この店の前にモレリの車がとまっているのを見たって。二週間くらい前、彼女がお姉さんに会いに行こうとしたときに」

アビーは乾いた唇を舌で湿らせた。「ええ、彼はここに訪ねてきたわ」きまり悪そうに認めてから、もう少し説明する必要があると感じてつけ加えた。「私はここに引っ越してくる前から彼と知り合いだったの。それは事実よ。昔、ロンドンで出会ったの。元夫と結婚していたころに」

「ねえ、そんなことは私にはなんの関係もないわ」ローリーが大きな声できっぱりと言った。おそらくさっきの自分の発言を後悔しているのだろう。「それに、あなたの吐き気は単にウイルスのしわざよ。一年でいちばん暑い時期だもの」

「ええ」

だが、ローリーはまだ釈然としないようだったし、アビーも納得してはいなかった。

しばらくして、ローリーが再び口を開いた。


「伝えておいたほうがいいと思うんだけど、グレッグは、あなたがルーク・モレリに対する自分の影響力を利用して開発をやめさせるつもりだと考えているわ」

「なんですって？」

ローリーがうなずいた。「だからあなたは彼と会っているんだと、グレッグは言っているの。モレリの考えを変えられるとしたら、あなたしかいないと」

11

ルークがオフィスに着くと、秘書のアンジエリカ・ライアンが待っていた。ふだん穏やかで有能な彼女が、今日は明らかに不安そうな顔をしている。

今朝、アンジェリカから電話でオフィスに私信が届いていると知らされた。〝親展〟のスタンプが押され、消印はバースになっていると。

今日はカナリー・ワーフに来る予定はなかったが、ルークは手紙を取りに行くことにした。宅配便で自宅に届けてもらうという手段もあるが、あきらめた。父親の医師からのものかもしれないと思うと心配で、できれば他人の手に預けたくなかった。

この前会ったとき、父親は肩が痛いとこぼしていた。医師は深刻なものではないと請け合ったが、ルークは祖父が狭心症を患っていたことを知っていたし、父が自分も同じ病気にかかったのではないかと不安を抱いていることもわかっていた。

幸いにも封筒は病院のものではなく、ルークはほっとした。実際、公的な文書にはまったく見えなかった。だが、誰がここに僕宛の手紙を出すだろう？　封筒に〝親展〟と記すような知り合いがいるだろうか？　もし個人的な手紙なら、どうして自宅の住所に送らないのか？

ルークは自分のオフィスに入り、デスクの前に座ると、ペーパーナイフに手を伸ばした。

「何かお持ちしましょうか、ミスター・モレリ？」

アンジェリカは手紙の内容を知りたいらしく、まだドア口に立っている。だが、ルークはかぶりを振った。

「何もいらないよ、ありがとう」そして、その言葉の意味を察した秘書がドアを閉めるのを待ってから、ペーパーナイフで封筒を開け、中の便箋を取り出した。

アビーは店を閉めようとしていた。

客は書店にいる二人だけで、その二人がローリーと最近のベストセラーについて話している声が聞こえる。

そのときカフェのドアが開き、アビーは反射的に身を硬くした。

この二日間、ずっと気をもんでいた。唯一見つけることのできたルークの住所に手紙を送って以来、彼がここに来るはずだと確信していたからだ。

そして今、ドアのほうを振り返ると、入ってきたのはまさにルークだった。

ジーンズをはき、ダークグリーンのスエードのジャケットを指に引っかけて片側の肩にかけたカジュアルな格好だ。シンプルな黒のTシャツが胸と腕の力強い筋肉を際立たせている。

「やあ」店に入ったところで足をとめ、ルークが言った。書店での会話が急にやんだことに、アビーはすぐに気づいた。

「こんにちは」ルークに挨拶し、書店のほうをさっと一瞥《いちべつ》した。私たちの声を聞いたローリーがそのうち姿を見せるだろう。

アビーは両手で神経質に腰を撫《な》でおろし、短いスカートをちらりと見おろした。もっと長いスカートをはいてくればよかった。二人の関係をなんとかして続けたがっているとルークに思われるのだけは避けたい。

でも、いつまでもカウンターの中にいるわけにもいかない。アビーは書店に続くアーチのほうへ向かおうとした。すると、思ったとおりローリーがこちらへやってきた。

唇を舌で湿らせ、アビーは言った。「私は階上《うえ》に上がるわね、ローリー。仕事が終わったら、戸締まりをしておいてもらえる？」

「わかったわ」ルークにあからさまに好奇の目を向けながら、ローリーが言った。「また明日の朝に」

「ええ」アビーはうなずいてから、自分のあとについてカウンターの奥の階段を上がってくるようルークに合図した。

ハーレーがドア口で二人を出迎えた。ふだんはこの時間に散歩に出かけるから、外へ行くのを待っているのだ。だが、ルークを見て、はやる気持ちがいくらか落ち着いたらしい。

身をかがめて犬の耳をかいているルークの脇を通り過ぎたアビーは、居間を抜けて小さなキッチンへ行った。私は確かに神経過敏になっている。でも、彼に手紙を送ったことはまったく後悔していないわ。

「コーヒー？　それとも紅茶？」ケトルに手を伸ばしながら、アビーは尋ねた。

ルークはソファの背にジャケットをかけてから、朝食用カウンターの反対の端まで来た。

アビーは胃が引きつるのを感じた。

「友人としておしゃべりするために僕を呼んだわけじゃないんだろう？」ルークがいぶかしげに片方の眉を上げた。「何があったんだ？　ヒューズの請願が順調に支持を集めているのか？」

「そうだとしたら、私がわざわざあなたに言うと思う？」アビーは尋ねた。

「だが、君が僕をここに呼ぶ理由はほかに思いつかない」ルークがそっけなく答えた。

アビーは信じられないと言いたげにかぶりを振った。「その発言を聞く限り、あなたはもうここに来るつもりはなかったのね」

ルークが鋭く目を細め、半ば嘲るように言

った。「僕がまた来ると思っていたのか？　ああ、アビー、君が美しい女性だということは認めよう。それに、君とセックスをしたかったことも。だが、警告したはずだ。僕は女性と真剣な関係にはならない。相手が信用できない女性となれば、なおさらだ」

その高慢な発言に、アビーは一瞬言葉を失った。

それからどうにか冷静さを取り戻し、冷ややかに言った。「あなたは私のことを何も知らないのよ、モレリ」

「君が夫を裏切ったことは知っている」ルークが即座に言い返した。「僕もあのろくでなしは嫌いだったが、だからといって、あの男が笑い物にされて当然だとは思わない」

「そうかしら？」アビーはいきりたった。「あなたはハリー・ローレンスのことを何一つ知らない。そして世の男たちと同じく、責められるべきは女性だと思いこんでいる。ハリーはろくでなしだった。その点は私も同じ意見よ。でも、自分の能力を見くびらないで。ろくでなしということにかけては、あなたも十分彼と張り合えるわ」

ルークの顔がゆがんだ。「侮辱するために僕をここに呼んだのなら――」

「違うわ」アビーはなんとか唾をのみこんだ。こんなふうに打ち明けたくはなかったが、ほかに選択肢はなさそうだ。「私は妊娠しているの、モレリ」彼女は冷静に言った。「きかれる前に答えるけど、あなたの子よ」

ルークはみぞおちにパンチを食らったような気がした。

そんなはずはない。いつも用心している。避妊具をつけずに女性を抱くことはない。ソニアと結婚していたときでさえ、望まない子供ができることのないよう注意していた。

じゃあ、いったいどうして……？

それからルークは最初にここへ来た夜のことを思い出した。雨が降っていて、びしょ濡《ぬ》れだった。一方のアビーはシャワーを浴びたばかりらしく、その肌は温かく柔らかそうで、とてもいい香りがした。そして愚かにも、僕は完全に理性を失った。

なんてことだ！

ルークはアビーを見つめたまま首のうしろで両手を組み、感情をコントロールしようとした。

ショックだった。この状況でショックを受けない男はいないだろう。自分が父親になると思うと、頭の中が真っ白になった。この女性——ずっと必死に頭から追い出そうとしてきた女性が自分の子供の母親になるとは。

アビーの頬は今や赤らんでいる。挑むような表情を浮かべてはいるが、こんな話を切り出すのは大きな苦痛だったはずだ。

とりわけ、自分を侮辱したばかりの相手に切り出すのは。

「それで?」アビーが言った。「どうせあなたは私が嘘《うそ》をついていると言うんでしょう? 私を信用できないと今言ったばかりだもの」

ルークはかぶりを振った。「いつわかったんだ?」

アビーが肩をすくめた。「一週間前に検査薬を二つ買ったの。両方とも陽性だったわ」

「それで……どれくらいたつんだ?」

アビーが身を硬くした。「中絶するつもりはないわよ」

「僕がそんなことをしろと言ったか?」ルークはぶっきらぼうに尋ねた。「僕はただ……妊娠何週目かわかっているのか?」

「そうねえ」アビーが嘲笑《あざわら》うように言った。「私たちが最初にベッドをともにしたのは五週間、いいえ、六週間前ね。だからそれくらいじゃないかしら」

ルークは首を振った。「信じられない」

アビーが軽蔑に満ちたまなざしを向けた。「私だってこんな話はしたくなかったわ。でも、友達が妊娠に気づいて、話すべきだと言い張ったのよ……父親に」

ルークはしばらく無言で彼女を見つめていたが、やがてきっぱりと言った。「今はとにかく紅茶が飲みたい。いれてもらえるかい?」

アビーが肩をすくめ、さっき火にかけたケトルのほうに向き直ると、棚からカップを二つ取り出し、それぞれにティーバッグを入れた。

ルークは居間のソファに戻って腰を下ろすと、目を閉じ、震えている両手で髪を撫でつけた。まったく、こんなことはまったく予想していなかった。アビーが子供を身ごもっている。僕の子供を。僕は父親になるのだ！

開いた膝の間に両手を入れ、気持ちを落ち着かせようと深呼吸をした。ふいにてのひらに犬の湿った鼻面が押しつけられ、思いがけず心が慰められた。ハーレーがやさしげな黒い目でじっと見あげている。何かおかしいと感じ取ったのだろう。

「おい、おまえ」ルークはどうにか悲しげな笑みを浮かべた。「この家に赤ん坊がいるようになったら、おまえはどうするんだ？」

「あなたには関係ないわ」ソファの前のローテーブルにルークのカップを置き、アビーがそっけなく言った。「熱いうちに飲んで」

ルークは彼女のこわばった顔を見あげ、それからソファの隣を軽くたたいた。「座ってくれ、アビー。僕たちは話をしないと」

アビーはしばらく冷ややかに彼を見つめていたが、そのあと朝食用カウンターに置いてあった自分のカップを持ってくると、ソファに対して直角に置かれた肘掛け椅子に座った。

「これ以上話すことはないわ」彼女はきっぱりと言った。「私はすでに義務を果たしたし、あなたは事実を知った。子供が生まれたら、あなたが会うのはとめないわ。もしそうしたいならば」

「待ってくれ」紅茶を飲んでいたルークは、テーブルにカップを戻した。「先走るのはやめよう。君と子供は僕と離れて暮らすと、いつ僕が言ったんだ？」

「それはあなたが決めることではないし、あなたに決定権があることでもないわ。女性と真剣な関係にはならないと、あなたが自分で言ったんじゃないの。私の子供が――」

「君の子供じゃない、僕たちの子供だ！」

「とにかく、その子供が、ほかの女性たちと気軽な情事を楽しむあなたに振りまわされるのはごめんだわ」

ルークは怒りに駆られて立ちあがった。

「君はなんの権利があって、僕がほかの女性たちと気軽な情事を楽しむなどと非難するんだ？」

アビーも立ちあがった。「じゃあ、これはなんだったの？」家全体を示すように片腕を広げて尋ねた。「あなたはもう私に会うつもりはなかったとさっき認めたじゃないの」

「そんなことは言っていない」ルークは顎をこわばらせた。「確かに……以前はそう思っていたが……」うっかり口をすべらすと、アビーが言い返した。

ビーが冷たく笑った。

「私に陥れられる前はってこと？」彼女は顎を突き出した。「でも、モレリ、あなたは私から大ニュースを伝えられた――」

「僕をモレリと呼ぶのはやめろ！」

「あなたを陥れるつもりはないわ。ついでに言えば、あなたと一緒に暮らすつもりもない。今は二十一世紀よ、ルーク。女性は自分を養うために男性に頼る必要はないの。今、私にはこの店がある。この店がなくなったら仕事を見つけるか、別の店をさがせばいい。いずれにせよ、あなたと関わる気はないわ」

ルークのいらだちは果てしなくつのった。

「僕が君たちに関わるのはとめられない」

「あら、とめられるわ」アビーは髪に手をやってポニーテールをほどいた。「私はすでに法で定められた義務を果たした。あなたはもうおなかの子供の存在を知っている。この子が生まれたら、あなたにも親権を共同で持つチャンスがあるかもしれないし、ないかもしれない。それはあなたしだいよ」

ルークは顔をしかめた。アビーの言うとおりなのはわかっているが、彼女が突きつけた最後通告に腹を立てずにいられなかった。それに、確かにさっきはもうここに来るつもりはなかったと言ったが、本当はずっと彼女に会いたかったのだ。

「そのことはよく考える必要がある」ルーク

はつぶやいた。同時に、今のアビーがいつにもまして魅力的に見えるのに気づいた。

彼女の脚が美しいのは以前から知っていたが、今日は短いスカートのおかげで長い脚のほとんどがあらわになっている。それに加え、ソースリーブのビスチェが丸みを帯びた胸の形を際立たせている。すでに体は熱く高ぶっていて、ルークはジーンズをきつく感じた。

「アビー……」思わず叫ぶように言ったが、アビーはすでにドアへ向かっていた。

「もう帰ったほうがいいわ」彼女は感情のこもっていない声で言った。「来てくれてありがとう。さよなら」

ルークはあとを追って部屋を横切ったが、アビーは彼を出ていかせようと脇に寄った。ルークは彼女の頭の横の壁に手をつき、二人の顔がくっつきそうなくらい近づいた。

「これで終わりじゃないぞ、アビー」ルークは荒々しく言い、熱い唇をアビーの首に押しつけた。

「終わりよ」アビーがようやく聞こえるくらいの小声で言い返し、ルークを押しやった。

「帰って、ルーク。もう二度と会わなくてすむことを祈るわ」

12

それから数週間、ルークは仕事だけに意識を集中した。

こんなに長い時間をオフィスで過ごしたのは数年ぶりだった。だが、あれこれ考えをめぐらせて苦しむのを避けるためには、仕事をしているしかなかった。

アビーを残してあの部屋を出て以来、彼女が言ったことを少しでも客観的に考えてみようと最善を尽くしていた。

僕の人生は以前とは大きく変わってしまった。それは動かぬ事実だ。アビーから赤ん坊の話を聞いたときはあまりにもショックで、よく考えもせずにものを言ってしまった。だがしかたがない、僕も人間だ。ただ、アビーとの間に存在していたかもしれない絆《きずな》を断ってしまったことが怖かった。

どうしてそんなに気にするんだ? アビーがハリー・ローレンスに何をしたか、ルークは何度も自分に思い出させた。妊娠しているという彼女の言葉を、僕はあっさり信じてしまった。すべては僕の反応を見るためにでっちあげた話だったかもしれないのに。

だが心の奥底では、そうでないとわかって

いた。夫に対するアビーの裏切りを軽蔑する一方で、彼女の言うことのすべてにいくらかの真実が含まれているように感じていた。

つまり、どういうことだ？　ハリー・ローレンスは高潔な男ではなかったのに、僕は間違った結論に飛びついたのか？　アビーが自分の行動について説明しようとしたのに、確かに僕は耳を貸さなかった。

それでもアビーは、僕に会いに来たときには夫に嘘《うそ》をついていたのだ。それに、あの出来事から少なくとも一年間はローレンスの妻でいた。もし彼が本当にひどい男だったら、さっさと離婚していたはずだ。

おそらく彼女は夫にちやほやされる贅沢《ぜいたく》な生活を楽しんでいたのだろう。

読んでいた計画書をにらみつけながら、ルークはふと、ハリー・ローレンスは今ごろ何をしているのかと思った。離婚後まもなく証券取引所を辞めたという話は聞いていた。

そのときは、心機一転したかったのだろうと思った。離婚という個人的な挫折のあとで同僚たちと今までどおり顔を合わせるのは耐えがたかったのだろうと。

なぜローレンスが離婚訴訟を起こしたのか調べてみるのもおもしろいかもしれない。訴訟を起こしたのがローレンスならば。アビーが何度も浮気をしたとは思えない。彼女はそういうタイプには見えない。なぜそう感じるのかはわからないが。

もっとも、今さら何があったのか知る手立てはないだろう。当時アビーがつき合っていた友人を知っているわけではないのだから。彼女は誰かに秘密を打ち明けていたのだろうか？　なぜ二人の結婚が破綻したのか、知っている人物はいるのだろうか？

数日間、ルークはずっとそのことばかり考えていた。どうでもいい問題だが、おかげでほかのことを考えずにすんだ。たとえば、アビーは今何をしているのだろうかとか、そういうことを。

ふだん関わる人々の中で、ルークが何かに気を取られていると気づいたのはフェリックスだけだった。二人は軍隊にいたころから親しかった。最近はそれぞれまったく違う境遇にいるが、フェリックスは今もルークに対していつも本音を言えると感じているようだった。

数日後、会議のあったオックスフォードから自宅までルークを送る途中、フェリックスがなにげなく言った。「アシュフォード・セント・ジェームズの店をどうするか、何か計画を立てたのかい？　請願書が提出されたと言っていたな。何か決定したのか？　それとも、きかないほうがいいかい？」

ベントレーの後部座席でノートパソコンを見つめていたルークは、ようやく顔を上げた。

「弁護士によると、彼らが開発を中止させられる見込みはないらしい。だが、僕は彼らにとっても受け入れられる開発というのを考えてみた」一瞬ためらってから彼は続けた。「今、建築士たちと話し合っていて、計画の修正を検討中だ」

「計画の修正?」

フェリックスが愉快そうに繰り返すのを聞き、ルークは警告をこめて彼を見た。「ああ、修正だ。スーパーマーケットにつながる小さなショッピングモールの建設を計画に入れようと思っている。もちろん、モールの店舗は貸し出す。サウス・ロードの店主たちの中にも興味を示す者がいるだろう」

「そうだろうな」フェリックスがバックミラー越しにルークと目を合わせ、片方の眉を上げた。「おそらくカフェ兼書店の店主もね。その計画を聞けば、彼女もほかの店主たちもおおいに安心するだろう」

ルークは顔をしかめた。「そんな得意そうな顔をしないでくれ。まだ決まったわけじゃないんだ」

「だが、決まるだろう」フェリックスが自信たっぷりに言った。「僕は彼女が……アビーが好きだ。たしか君はそう呼んでいたよな? 彼女はとても美人で、しかも親切だ」

「見た目がすべてじゃない」ルークが暗い声でつぶやくと、フェリックスもうなずいた。

「いずれにしろ」ルークは続けた。「僕はアビー・レイシーのために計画を修正しているわけじゃない」

「もちろんだ」そう言いつつも、フェリックスはルークの言葉に納得してはいないようだった。だが、それもしかたがない。ルーク自身も納得していないのだから。

その晩も眠れずにベッドで寝返りを打ちながら、ルークはアビーのために計画を修正したことを認めざるをえなかった。彼女はもうこれ以上僕と関わりたくないとはっきり言った。にもかかわらず、僕はそれを受け入れられないし、受け入れるつもりもない。

アビーのことが気にかかる。これまでもずっと気にかかっていた。

アビーはかつて身勝手なことをしたかもしれない。そして彼女が主張したように、それには正当な理由があったのかもしれない。だが、事の真相がどうであれ、僕はもう一度彼女に会いたい。彼女と一緒にいたい。彼女を愛している。今まで女性に対してこんな気持ちになったことは一度もない。

アビーに会うことを考えていたせいでまったく眠れず、ルークはベッドを出た。自分でコーヒーをいれようと思い、キッチンへ下りていくと、フェリックスが紅茶を飲みながら朝刊を読んでいた。

ミセス・ウェブも一緒にいて、お気に入り

のメロドラマについてしゃべっていた。だが、フェリックスはまったく聞いておらず、『デイリー・グローブ』を熱心に読んでいる。

「まあ、ルーク！」ミセス・ウェブが驚いた顔でルークを見た。フェリックスも新聞を脇に置き、くつろいでいたことを詫《わ》びるようにほほえんだ。「今朝はずいぶん早起きなんですね。まだ六時半ですよ。どうかなさったんですか？」

「早起きして何がいけないんだい、ミセス・ウェブ？」ルークは部屋を横切ってガス台の前に行き、マグカップにコーヒーをついだ。

「眠れなかっただけだ。それで、早めに出発しようと思った」

「早めに出発？」

フェリックスがきき返すと、ルークはうなずいた。「ああ。車でアシュフォード・セント・ジェームズへ行く。休日で道路が込むだろうから、早く出るに越したことはない」

フェリックスがスツールから下りた。「車を用意しよう」

「いや、その必要はないよ、フェリックス。自分で運転していくから」

フェリックスが眉根を寄せた。「本当に大丈夫かい？」

「大丈夫だ」ルークはちゃかすように彼を見た。「今日は休みを取っていいぞ。娘さんに会いに行ってこい」

フェリックスは軍隊に入る前、ある女性とほんの短い間、関係を持っていた。その結果として娘がいる。その女性とは結婚しなかったが、娘とは驚くほど仲がいい。

「娘は出かけているんだ」フェリックスがむっつりと言った。「今ごろボーイフレンドとマジョルカ島で太陽を浴びているだろう」

「そうか」ルークはちょっと考えこんだ。

「だったら……何か別のことをすればいい」

「じゃあ、こうしよう。ハリー・ローレンスという男が最近どうしているか調べるんだ」

今朝、アビーは初めて医師の診察を受けた。カフェは休みにすると決めていた。ローリーが一人で忙しい朝のカフェの仕事をこなしながら、書店での応対までするのはとても無理だからだ。

それでも、サウス・ロードに帰ってきたときにはアビーはとても気分がよく、午後から店を開けようかと考えていた。

しかし、通りをはさんでカフェの向かい側にとまった高級車に気づくと、状況が変わった。

私の見間違いでなければ、あれはアストン・マーティンだ。しかも五年前にルークが乗っていたのと同じ型の。冷静でいたいのに、脈が異常なほど速くなった。

もしルークなら、ここで何をしているの？

私やほかの店主たちに退去を通告しに来たの？　だとしたら、新しい家と仕事を見つけるための時間は半年もない。それに、これは私だけの問題じゃない。アビーは不安がこみあげるのを感じた。七カ月後には赤ん坊も一緒に住む家が必要になるのだから。

アビーは本能的におなかに手を当てた。

今は妊娠八週目で、二週間後に超音波検査を受けるよう医師に言われた。おなかにいる赤ん坊を見られるのはとても楽しみだ。

一緒に病院へ行きたいかどうか、ルークに尋ねるべきだろうか？　わざわざ話したくないけれど、赤ん坊は彼の子供でもある。それに、彼はそういう誘いを断らない気がする。

アビーが車のほうへ歩きだすとドアが勢いよく開き、ジーンズに包まれた長い脚が現れた。ルークだ。引きしまった体、浅黒い肌。黒いボタンダウンシャツを着て、デッキシューズをはいた姿は、途方もなく魅力的だ。

驚いたことに、ルークはアビーを見てほっとしたようだった。おそらくカフェのドアの張り紙を見たのだろう。私がどこへ行ったと思ったのだろうか？　新しく住む場所をさがしに行ったのだと言いたくなったが、今さら嘘をつくのも気が進まなかった。

ルークが通りを渡ってきた。「大丈夫かい？」アビーをじっと見つめ、彼は尋ねた。「カフェが閉まっていたから、具合が悪いのかと思ったんだ」

「通用口を開けてみようとした？」アビーはルークの質問には答えずに質問した。ドアをたたく音を聞いたら、ハーレーは大騒ぎしたに違いない。

「ノックはした」ルークは認めた。「だが、ハーレーが吠《ほ》えはじめたから、君はいないとわかった。君が家にいればすぐに黙らせるはずだから」

アビーはうなずき、通りの向こうの車に一瞥《いちべつ》をくれた。「駐車違反の切符を切られるわよ。このへんは監視が厳しいから」

「そうなったら罰金を払うよ」ルークが無頓着に言った。

アビーはあきれたようにかぶりを振った。

「それで、なぜあなたはここにいるの？　だったら立ち退きの期限を伝えに来たの？　だったらほかのみんなも呼んで――」

「立ち退きの期限を伝えに来たわけじゃない」ルークが歯嚙《はが》みしながら言い返した。

「どうして？」

「君に会いに来たんだ」

「理由が必要なのか？」ルークがため息をついた。「中に入って話そう」

ルークを見あげると胃が締めつけられ、アビーはそんな自分がいやになった。彼がここに来たのは赤ん坊のことを話し合うために違いない。生まれたらすぐに子供を引き取ろうと考えているのだろうか?

まさか、いくらルークでもそこまで残酷ではないはずだ。でも、いずれにせよ、何をしに来たのか確かめなくては。アビーは彼の前を通り過ぎ、カフェの脇の路地を進んだ。

背後にルークのたくましい体を感じながら、鍵を開けて中に入った。だが、まだドアを閉めないうちに、玄関ホールの壁に押しつけられ、顔を仰向けにされていた。

ルークの唇は熱く強引で、アビーはあらがえなかった。欲望が体を貫くのがわかる。ルークはもう一方の手を壁につき、アビーを押しつぶさないようにしている。だが、彼のこわばった下腹部が触れるのをアビーははっきりと感じた。

「君のことが心配でたまらなかった」ルークがアビーの顔を両手で包みこんで、親指で唇にそっと触れた。「いったいどこへ行っていたんだ?」

アビーは息を切らしながら言った。「どうして気にするの?」

「気になるからだ」ルークが再びキスをした。今度は衝動を抑えきれず、アビーに体を押しつけた。「一時間近く待ったよ」

ルークは両手をアビーの背中のカーブに沿って下ろしていき、ヒップをつかむと、彼女の脚の間に腿を押し入れた。

「君が欲しいんだ、アビー。どうして今まで離れていられたのかわからない」

「私が離れていてと言ったからよ」

アビーはどうにかルークと壁の間から抜け出し、開けっぱなしになっていたドアを閉めた。ルークが私にキスしているときに万一グレッグ・ヒューズが通りかかったら、大騒ぎになるだろう。

不満げに壁に寄りかかっているルークのほうに向き直り、アビーは静かに言った。「私は医師の診察を受けに行っていたの。ロンドンを出る前に電話をくれれば、今日は来ないようにと言えたのに」

それから急いで階上へ上がった。ハーレーがまた吠えはじめたからだ。ルークの車が通りの向こうに意味ありげにとまっているときに、もう誰の注意も引きたくない。

いや、それも言い訳だろう。

実のところ、アビーは優柔不断になっていた。ホルモンのせいだろうか。あるいは、どんな欠点があろうと自分はこの男性を愛していると気づいたせいだろうか。とにかく、いずれ後悔するとわかっていることをせずにいる自信がなかった。

だからどうしてもルークとの間に距離を置かなくてはならなかった。そんなことはとうてい無理だと、あとから証明されるとしても。

13

ルークは熱烈に自分を歓迎するゴールデンレトリーバーをどうにかなだめて脇に押しやってから、アビーを見た。

今日のアビーはゆったりしたシャツとショートパンツといういでたちだ。その裾からは日焼けした長い脚が伸びている。

ああ、もう一度彼女に触れたい。

だが、今は彼女の気持ちを考えなくては。

「診察を受けに行っていたと言ったね？」ルークは尋ねた。「なぜだい？　どうかしたのか？」

アビーが信じられないと言いたげにルークを見た。「ねえ、私は妊娠しているのよ。忘れていると困るから言っておくけど」

「まるで僕がそういう重大なことを忘れてしまうみたいな言い方だな」ルークはそっけなく言った。「だが、問題はないんだろう？」

「ええ、順調よ」ルークが犬をなだめている間に、アビーは彼と距離を置くためにカウンターの向こう側に回った。「何か飲む？　冷蔵庫にコーラがあるけど」

「喉は渇いていない」ルークは息を吸いこんだ。「医師にはなんて言われたんだい？」

アビーが唇を湿らせ、それから口を開いた。

「今は妊娠八週目ですって。血圧は正常だったし、最初の数週間苦しめられた吐き気もほとんどおさまったわ」

「君が吐き気に苦しんでいたとは知らなかった」

「驚いた？」

その辛辣な言葉にルークは顔をしかめ、両手で髪をかきあげながらアビーに近づいていった。「座らないか？　話がしたいんだ」

アビーが体をこわばらせた。「あなたは座って。私はここでいいわ」

「いや、君も座ったほうがいい。クリニックに歩いていったのなら、ずいぶん長く座っていないだろう」

アビーが唇を引き結んだ。「妊娠したからって病人になるわけじゃないのよ、ルーク」

「わかっている」アビーがこの前のように自分を姓で呼ばないことに、ルークはほっとした。「だが、少しは僕の言い分も聞き入れてくれ。君のことを考えて言っているだけだ」

「そんなことは初めてね」アビーがきつい口調で言った。「なんの用なの、ルーク？　店の話じゃないなら、赤ちゃんの話よね」

ルークはため息をついた。「座ってくれ。お願いだ」

「わかったわ」

アビーはいかにも気が進まなそうにカウン

ターの向こうから出てきた。ルークはこの前彼女が座った肘掛け椅子をふさぐようにして立ち、ソファを示した。アビーはその端に腰かけるしかなかった。

ルークが隣に座ると、アビーは触れ合うのを避けるようにソファの袖に体を押しつけた。だが、どんな態度をとろうと、僕に関心がないわけではないとルークは思った。それはさっき階下でも証明された。あとは、僕が彼女の思っているような冷酷なろくでなしではないとわからせればいいのだ。

黙って見つめているルークに向かって、アビーがいらだたしげに言った。「さっさと話を進めない？　あなたはなぜここにいるの？」いったん言葉を切ってから、改めて言った。「私はもうあなたとベッドをともにするつもりはないわ」

「ああ、今はね」

ルークがこともなげに言うのを聞き、アビーは頬を赤らめて言い返した。「これからもずっとよ」そのあと、彼が考えていることに気づいたかのようにつけ加えた。「とにかく、自分から進んでは」

ルークは体をこわばらせた。「僕が無理強いしたと言っているんじゃないだろうね？」

アビーがため息をついた。「違うわ。私にも同じくらい責任はあるもの」

「責任？」ルークはきき返した。「誰にも責任などない。僕は君が欲しかった。今も君が欲しい。それはわかっているだろう?」

アビーがぱっとルークの目を見て、再び視線をそらした。「だったら、あなたは手に入らないものを欲しがっているのよ。あなたが私のことをどう思っているかはわかっている。あんなにはっきり言ったじゃないの」

ルークはため息をつき、手を伸ばした。アビーが体をずらしてその手をよけた。

「アビー」ルークはなだめるように言った。「僕がこれまでたくさんの過ちを犯してきたのはわかっている。だが、それを償うチャンスを与えてほしいんだ」

「どうやって?」アビーが辛辣に尋ねた。

「あなたに会うのに同意したことで私はハリーを裏切ったと、あなたはまだ思っているんでしょう?」

「あれは五年も前の話だ」ルークは反論した。「たぶん僕は早合点して、間違った結論を出したんだろう。認めるよ、僕はローレンスのことをまったく知らなかった。彼はとんでもなく卑劣な男だったのかもしれない。君があいう行動をとったのには、正当な理由があったのかもしれない」

「かもしれない?」アビーがおもしろくもなさそうに笑った。「事実はあなたが思っているよりずっと複雑なのよ、ルーク」

「じゃあ、説明してくれ」

「なぜ？」アビーが鋭く尋ね、ソファから勢いよく立ちあがった。「いいえ、答えなくていいわ。理由はわかっているから。赤ちゃんのためよね？」彼女は唇をゆがめた。「あなたは怖いんでしょう。赤ちゃんが生まれたとき、もし私たちが口もきかないような関係になっていたら、赤ちゃんに会わせてもらえなくなるかもしれないから」

ルークもソファからぱっと立ちあがった。激しい感情で瞳を暗く陰らせて。「そんなことじゃない。君に対する僕の気持ちを知ってほしいだけだ。自分が愚かだったのはわかっている。だが、僕は経験から学んだ。それがわからないのか？」

アビーがかぶりを振った。「今さら遅いわ、ルーク。あなたが後悔しているなんて言っても、私は信じない。あなたが私を信じていないのと同じように」そこで顎を上げた。「もう帰ったほうがいいわ」

ルークは怒りをあらわにした。「僕にいったいどうしてほしいんだ、アビー？　ひざまずいて、信じてくれと懇願してほしいのか？　それで君が納得するならそうしよう。ああ、僕は君を愛している。女性にこんなことを言うのは生まれて初めてだ」

アビーがあとずさり、不信感をありありと顔に浮かべて言った。「まあ、なんてこと。赤ちゃんを自分のものにするためなら、どんなことでも言うのね」

なことでもするつもりなのね」

ルークは無言で彼女を見つめることしかできなかった。「君はそう思っているのか?」その声はひどくかすれていた。「ああ、いいさ、君が思っているならそうなんだろう。こんなことをしていても時間の無駄だ」

「だからそう言ったじゃないの」アビーは言い返したが、さっきより自信なさげだった。

あるいは、希望的観測だろうか? ルークが近づいていくと、アビーはおじけづいたように身を引いた。まるで彼に殴られると思っているかのように。

ルークはいぶかしげに目を細めた。やはりローレンスは彼女に暴力を振るっていたのだろうか? あの運命の夜、アビーの首に痣《あざ》があったことを思えば、十分ありうることだ。

ルークは急に気分が悪くなった。「アビー」さっきより穏やかに言ったが、彼女は顔をそむけた。

「帰って」高ぶる感情のせいで、アビーの声はかすれていた。

ルークがアビーの腕をつかんで自分のほうを向かせると、その目には涙がたまっていた。

「アビー」自分を抑えきれないまま身をかがめ、アビーの唇の端に唇を押しつけてかすれ声で言った。「本当に君を愛しているんだ」

そして、彼女に否定の言葉を返す間を与えずに部屋を出て、自分の気が変わらないうちに階段を駆けおりた。

僕は戻ってくる。玄関のドアを後ろ手に閉めながら、ルークは自分自身に宣言した。絶対に戻ってくる。

その夜遅く、誰かがアビーの家のドアをノックした。

当然のことながらハーレーが吠《ほ》えはじめ、アビーは腹立ちまぎれにため息をついた。ルークに決まっている。もう十一時過ぎだ。こんな時間に訪ねてくる人はほかにいない。それに、彼の望みはよくわかっている。

昼間私が言ったとおり、生まれた子供に会うことを拒まれないよう、私とつながりを保っておきたいのだ。

アビーは唇を噛《か》みしめた。夜遅い時間のほうが説得に応じる可能性が高いとルークは思ったのだろう。私を愛しているという彼の主張も信じる気になるだろうと。

愛している? アビーは唇をゆがめた。ありえないわ。

ハーレーが階段に続くドアの前をうろつき、うなり声をあげている。アビーは一瞬、不安を覚えた。

もしルークではなかったら? 訪ねてきたのが彼なら、ハーレーは警戒しないはずだ。

アビーはためらい、寝巻きの上にはおったシルクのキモノを見おろした。どう見ても客を迎える格好ではない。でも、ルーク以外の誰が連絡もよこさずに訪ねてくるだろう？

やはりルークだわ。ハーレーが近所の人たちを起こしてしまう前に追い払わなくては。

階段に続くドアを開け、照明をつけると、犬はすぐに階段を下りていった。玄関ホールに着いてもまだうなっている。アビーは階段を下りて深く息を吸いこみ、緊張ぎみに声をかけた。

「あなたを中に入れるつもりはないわ、ルーク。わざわざ来てもらって悪いけど——」

「ルークじゃない、ミズ・レイシー」男性の声がさえぎった。「フェリックス・レイドロー だ。ルークの運転手の」少し間があった。

「事故があったんだ。ルークが怪我《けが》をして、君を呼んでくれと言っている」また少し間があった。「ドアを開けてくれないか？」

アビーは反射的に錠に手をかけたが、そこでためらった。彼が本当のことを言っているとどうしてわかるの？

「ミズ・レイシー？　アビー？」フェリックスだと名乗る男性がもう一度言った。「お願いだ。疑うのもわかる。だが、嘘《うそ》はついていない。ルークはバースの病院にいるんだ」

アビーはごくりと唾をのみこんだ。「どういうこと？　ルークはバースで何をしているの？　ロンドンに帰ったと思っていたわ」

「ああ、だが、その前に父親に会いに行ったんだ」ドアの向こうの男性がため息をついた。

「何があったか、車の中で話させてくれないか？　僕は病院に戻らないといけないから」

アビーは唇を噛みしめた。「あなたが本当のことを言っていると、どうして私にわかるの？」

「わからないだろうな」フェリックスの声が冷たくなった。「君は一人の人間を救おうともせずに死なせるつもりなのか？」

アビーは息をのみ、それ以上ためらわずにドアを開けた。立っていたのはもちろんフェリックスだった。

「ルークは命の危険があるの？」飛び出そうとしたハーレーを引き戻しながら、アビーは声をつまらせた。

「今すぐというわけじゃない」フェリックスが言った。「だが、重傷だ」

「重傷？　どうして？」

「ルークの車が農場の作業車と衝突したんだ」フェリックスが重苦しい口調で言った。「間抜けな男のコンバインがルークのすぐ目の前に割りこんだ。即死でなかっただけ幸運だった。さあ、着替えて、一緒に来てくれるかい？」

アビーは小さく声をもらすとハーレーを放し、踵《きびす》を返して階段を駆けあがった。バスルームへ飛びこみ、キモノと寝巻きを脱いで、シャツとショートパンツに着替えた。

バスルームから出ると、ハーレーとフェリックスは居間で待っていた。

「君が気にしないといいが」フェリックスがすまなそうに言った。「犬が飛び出していきそうだったから、ここに連れてきたんだ」

「かまわないわ。ありがとう」アビーは乾いた唇を舌で湿らせた。「支度はできたわ」

「セーターを着たほうがいい」フェリックスがやさしく言った。「外は寒いから」

「本当に大丈夫よ」体がすっかり無感覚になっている。

フェリックスがあきらめたように肩をすくめ、ドアへ向かった。

14

目を開けるとまばゆいばかりの白い光が飛びこんできて、ルークはすぐにまた目を閉じた。

頭がずきずきし、周囲からは電子機器がうなるようなぶーんという低い音が聞こえる。一定の速度で液体がしたたり落ちる音が耳元で大きく響いている。

もう一度思いきって目を開けると、天井に細長い電灯が見えた。それがまぶしくて目がくらむのだ。

病院にいるのだろうか？ 考えようとすると頭がひどく痛み、ルークは再び意識を失いかけた。もし病院にいるなら、いったいどうやって来たのだろう？ 自分の車に乗りこんだあとのことは何も覚えていない。

強い消毒薬の匂いで気分が悪くなり、吐き気を覚えた。口の中がからからに乾いている。

次に目を開けると、ベッド脇に男性が立っていた。医師ではないらしい。セーターを着て、キャンバス地のズボンをはいている。

視線を上に向けていき、男性の顔が見えると、ルークはほっとして息を吐き出した。この男性が誰かはわかる。

父だ。だが、父がここで何をしているんだ？ オリヴァー・モレリの顔は心配そうにこわばっている。ルークは手を伸ばして父親の顔に触れたかった。

だが、動けない。

動こうとすると肋骨《ろっこつ》のあたりがナイフで刺されたように鋭く痛み、思わずうめいた。

息子が目を開けたのに気づき、オリヴァー・モレリが安堵《あんど》の声をもらした。「ルーク、よかった。本当に心配したんだぞ」

ルークは父親をじっと見つめた。出そうとしても声が出ない。口の中も唇も乾ききっていて、言葉を発することができない。

だが、父親は気づかないようだ。「この二

十四時間のことを何か覚えているか？」ベッド脇に椅子を引っぱってきて座ると尋ねた。

「ここに運びこまれたときは意識があったらしいが、そのあと……」父親はその先を話したくないかのように言葉を切った。次に口を開いたとき、その声音はさっきとはまったく違っていた。「気分はどうだ？　痛みはあるか？　何か欲しいものは？」

ルークは飲み物が欲しいと言いたかったが、喉の奥からしわがれたうめき声がもれただけだった。

「看護師を呼ぼう」父親がそう言ったとき、ルークはどうにか女性の名前を口にした。

「ア……アビー」かすれた声で言うと、部屋を出ていこうとしていた父親がドアの前で足をとめた。

「アビー？　ああ、私が到着したときここにいた若い女性だね？」

ルークの頭はなんとかその言葉を理解した。アビーがここにいた？　どうして？　それで今はどこにいるんだ？

無力な自分にいらだち、敗北感で胸がいっぱいになった。考えようとすると頭がずきずき痛んだ。再び話そうとしたが、言葉を発する前に看護師があわただしく入ってきた。

看護師は患者が意識を取り戻したことにすぐに気づき、父親に向かってきつい口調で言った。「ミスター・モレリはいつから目を覚ましているんですか？　すぐに呼びに来てくださらないと困ります」

「ほんの数分前だ」父親が弁解がましく言った。

看護師はプロらしい目でルークを見おろし、それから彼の頭上に注意を向けた。何かのモニターがあるのだろう。振り返った看護師は、ルークの横でかちかち音をたてている別のモニターを確認したあと、ベッドの足元からクリップボードを取って何か書きこんだ。

頭が働きはじめると、ルークは体のさまざまな場所に管やコードがつけられていることに気づいた。鼻にも口にも管が入っている。僕はいったいどうしたんだ？

腕につけられた点滴の中身を調べたあと、看護師が眉根を寄せた。「気分はどう、ミスター・モレリ？」父親と同じことを尋ねた。「どうやってここに来たか覚えている？」

ルークの舌が思うように動かないのを見て取った看護師は、理解を示すようにうなずいた。

「飲み物が欲しいのね？」ベッド脇のテーブルにあった水差しからグラスに少量の水をつぐと、そこにストローを差し、ルークの口元に近づけた。「少しずつよ」

水は冷たくておいしかった。ルークは全部飲みほせると思ったが、二口飲んだところで看護師がグラスを口元から離した。

「今はこれで十分よ、ミスター・モレリ。ミスター・マースデンを呼んでくるわ」

「いや……」ルークはやっとの思いで言った。

だが、看護師はかぶりを振った。「あなたが意識を取り戻したらすぐに知らせてくれと言われているの。ミスター・マースデンは、あなたがここに着いたときに怪我《けが》の処置をした外科医よ」

ルークがそれ以上抗議する前に、看護師は行ってしまった。

看護師がいなくなるとすぐに父親がベッド脇の椅子に戻ってきて、心配そうに尋ねた。

「事故のことを何か覚えているかい？」

そもそもなぜ外科医が必要だったのかと考えていたルークは、突然、あの瞬間に押し戻された。巨大なコンバインがいきなり畑から出てきて、目の前に割りこんできた瞬間に。

その記憶は貨物列車のような勢いでよみがえってきた。脳が爆発したように感じ、頭全体に痛みが広がった。こめかみで血が脈打ち、鼓動が速くなる。あのとき直面せざるをえなかった恐怖を、今再び味わった。

ルークは目を閉じ、もう開けようとしなかった。父親が不服そうに何かつぶやくのが聞こえたが、ルークは痛みに屈し、苦痛からの解放を求めてただ祈ることしかできなかった。

アビーは集中治療室《ICU》の隣の待合室で、ルークが意識を取り戻したかどうか教えてもらえたらいいのにと思っていた。

彼の意識が戻りますように。ああ、神様、どうか……。

最初にルークを見たとき、アビーはぞっとした。彼が事故にあって重態だというフェリックスの言葉はおおげさではなかったと悟った。

アビーが救急病棟に入ることを許されたとき、ルークは血だらけだった。まだ意識はあり、フェリックスが言ったようにアビーを呼んでいた。アビーがベッド脇に立つと、すぐに彼女の手を握り、自分の口元へ持っていった。

「愛している」ようやく聞き取れるくらいの小声でルークは言った。アビーは手が血まみれになってしまうのもかまわずに彼の手を握り返した。

「ああ……ルーク……」とぎれとぎれに言い、彼の痛みをやわらげるために何かできればと願った。「私も愛しているわ」

だが、ルークから返事はなかった。看護師に外で待っているように言われ、ルークには自分の言葉が聞こえなかったのだとわかった。彼は私に愛していると言った直後、意識を失ったのだ。

私がそばにいることにルークは気づいていたのだろうか？　アビーにはわからなかった

し、誰も教えてはくれなかった。ただ廊下に追いやられ、待合室にいるようにと言われた。

唯一の慰めはフェリックスがいたことだった。彼は家族や友人が待機するための部屋をうろうろ歩きまわっていた。

涙に濡《ぬ》れたアビーの顔を見るとフェリックスはすぐに近づいてきて、彼女を抱きしめた。

「ルークはきっと乗りきれる」ぶっきらぼうに言った。「あいつはタフな男だ。古いコンバインなんかに負けるはずがない」

「さっき言ったことと違うわね」アビーは洟《はな》をすすりながら指摘した。「ああ、フェリックス、私はものすごく責任を感じているの」

「どうして?」

フェリックスは同情に満ちていて、アビーは気がつくとルークが帰る前に言い争いをしたことを打ち明けていた。

もちろんフェリックスは、自分を責める必要はないと請け合ってくれた。たとえむしゃくしゃしていたとしても、ルークは決して無謀な運転などしないと。

「事故は誰にでも起こりうる」フェリックスがやさしく言った。「さあ、リラックスして。まだしばらくは待つことになるだろうから」

数分後、ルークの父親が到着した。呆然《ぼうぜん》とした表情で待合室に入ってきた父親を見て、フェリックスがすぐに声をかけに行った。

二人はひそひそ声で話していた。途中、ル

ークの父親がアビーのほうにいぶかしげな視線を向けた。おそらくあの女性は誰かと尋ね、フェリックスが答えているのだろう。

それから、フェリックスがルークの父親をICUへ連れていった。

やがてフェリックスは一人で戻ってきて、そのあと数時間、アビーと一緒にほとんど無言で物思いにふけっていた。

翌朝、医師が二人のところに来て、ルークは昏睡《こんすい》状態に陥っていると伝えた。だが、心配はいらないと医師は言った。痛みをやわらげるために最大限、手を尽くしていると。そして、ルークが意識を取り戻したらすぐに知らせるから、二人とも家に帰って少し休んではどうかと提案した。

アビーは病院を離れたくなかった。自分がいなくなったら何か悪いことが起きるのではないかと恐ろしかった。

しかし、ずっと待合室に泊まっているわけにはいかないとフェリックスに諭された。さらにハーレーが家でおなかをすかせていることを思い出した。

それからもう三日たった。アビーはとりあえずハーレーの世話をして、カフェはしばらく休業すると張り紙を出し、近所の人には自分は病気ではないが親しい友人が入院しているのだと説明した。その間、頭と心はずっとルークに向いていた。

アビーはたびたび病院に電話をかけたが、身内ではないので詳しい状況は教えてもらえなかった。ただ、フェリックスに連絡を取って新しい情報を得ることができた。ルークの容態は悪化していないと、フェリックスは伝えた。昏睡状態と聞くと恐ろしいが、その間にルークの体は回復しているのだと。最高の治療を受け、尽くせる限りの手を尽くしてもらっているのだと話してくれた。

それでも、アビーはろくに眠れない夜が続いた。

浅く短い眠りが訪れたとしても、ルークが巨大な農業用機械にぶつかる恐ろしい夢を見てはまた目を覚ました。

コンバインを運転していた男が危険運転の罪で告発されたとフェリックスから聞いても、気は休まらなかった。それでルークの怪我がよくなるわけでもない。限られた情報しか得ていないアビーでも、ルークの怪我がとても深刻だということはわかっていた。

だからアビーは病院に戻った。そこにいれば、ルークに会わせてもらえるかもしれないという希望を抱いて。だが、今までのところその希望はかなっていない。看護師たちは礼儀正しいが、同情では決して動かないし、フェリックスは今、別の問題に対処していて病院にはいない。アビーはICUの窓からルークをひと目見ることさえ許されていなかった。

そのとき、待合室のドア口に男性が現れた。ルークの父親だった。

父親はしばらく考えこむようにアビーを見てから言った。「アビーだね？　フェリックスから、ルークが君を呼んでほしいと頼んだと聞いた。私はオリヴァー・モレリ、ルークの父親だ」

アビーは立ちあがり、オリヴァー・モレリの差し出した手を握った。そして、ためらいがちに言った。「今回のことは本当にショックだったと思います。私たちにとっても大きなショックでした」

「ああ」オリヴァー・モレリの目尻にはやつれによるしわがあった。この男性も夜眠れていないのだろうと、アビーは思った。するとオリヴァーがふいに眉根を寄せて言った。

「今朝はもうルークに会ったかい？」

「彼がここに運ばれた夜以来、会っていないんです」アビーは正直に言った。「私は身内ではありませんから。ただの……彼を心配している友人です」

「そうなのかい？」オリヴァーがしかめっ面をした。「君はサウス・ロードで店を開いているんだろう？」

「ええ、そうですが……」

オリヴァーが顔を曇らせた。「たしかルークは、店主たちが開発に反対して請願書を出したと言っていたな。とてもじゃないが、今息子にこれ以上のストレスは与えられない」

「私は請願には関わっていません」アビーは弁解した。「それに、私がここにいるのは、ルークが私の店がある地区を開発しようとしているからではありません」

オリヴァーがかぶりを振った。「ああ、そうか、それは大事なことだ」それから、悲しげに続けた。「今のところ、ルークがその開発のことを覚えているかどうかも疑わしい。さあ、私はそろそろ医者のところへ行かないと。今日は新しい知らせがあるかもしれないとマースデンが言っていたから」

アビーは息がつまった。「私も一緒に行ってはいけませんか?」

オリヴァーの迷っているような顔を見て、断られるだろうとアビーは思った。

だがそのあと、表情が変わった。「そうだな。ルークは一度意識を取り戻したとき、また君を呼んでくれと言ったんだから」

それを聞き、アビーは心底驚いた。

「知らなかったのかい?」オリヴァーが手を伸ばし、ふらついたアビーを支えてくれた。「ルークが目を開けたとき、最初に口にしたのは君の名前だった」アビーが体勢を立て直すのを手伝ってから、ルークの父親は沈んだ声でつけ加えた。「あいにく、息子はそのあとすぐにまた意識を失ってしまったんだ」

15

　ルークのいるスイートルームは、屋敷のほかの場所と同じように趣味のいい家具や調度品でしつらえられていた。

テーブルと椅子が置かれた居間は広々としていて、いたるところに花が飾られている。ルークの回復を願う人たちから贈られたものだろう。花を持ってくることを思いつけばよかったと、アビーは後悔した。

　足をとめて花に見とれていると、ミセス・ウェブがさらに奥へ進むよう手ぶりで示した。

「あとで紅茶をお持ちします。奥の部屋へどうぞ。ルークが待っていますよ」

　居間の先は寝室で、そこの家具や装飾はもっと簡素だった。同じように広々としているが、キルトのベッドカバーとカーテンは抑えたブロンズ色で、淡いグリーンのシルクの布張りの壁にはほんの数枚の絵がかかっているだけだ。

　そこには花も飾られておらず、ただ床に大きなトルコ絨毯《じゅうたん》が敷かれている。その鮮やかな色彩が、そっけないくらい質素な部屋に豪華さを添えていた。

　最初、アビーはミセス・ウェブが勘違いし

たのだろうと思った。ルークはここにはいないと。大きなベッドは確かに使われた跡があるが、彼の姿は見えない。

だがそのあと、窓際に造りつけられた長椅子に座るルークに気づいた。ぴったりした黒のTシャツとだぶだぶのスウェットパンツを身につけ、片足を無造作に窓の下枠にのせている。

顔は青白く、事故の前よりかなりやせたようだ。だが、ルークには相変わらずえも言われぬ魅力があり、目の下から頬にかけての傷跡さえほとんど気にならない。

柔らかい生地のスウェットパンツの下には、脚に巻かれた包帯のふくらみが見て取れた。片方の腕にも包帯が巻かれている。

ルークの父親からは内臓の損傷もあったと聞いた。まずは脾臓《ひぞう》を摘出しなくてはならなかったし、肋骨《ろっこつ》も数本折れて、一本が肺に刺さっていたという。だが医師は、ルークは確実に快方に向かっていると言っているそうだ。

今はオリヴァー・モレリの姿は見えないが、ずっとそばについていたらしいフェリックスが、アビーに気づいてにっこりした。

「やあ、アビー」陽気に声をかけたフェリックスに、ルークが警告するような視線を向けた。

「二人にしてくれ」アビーがドア口でためっていると、ルークがフェリックスに言った。

「何か用があったら電話する」

「了解」フェリックスはふざけて敬礼し、アビーと入れ替わりに部屋を出ていった。

ドアが閉まると急に親密な雰囲気が漂い、アビーの胃は期待に締めつけられた。

だが、ルークがなかなか口を開かず、自分から何か言わなくてはならないと感じた。

「こんにちは」アビーはぎこちなく言い、おなかのかすかなふくらみを撫《な》でた。今日は黒いレギンスの上にプリーツの入ったチュニックを着ているが、目立ってきたおなかは隠せない。「また会えてうれしいわ」

「ああ」ルークはまるでアビーの言葉を信じていないかのような口ぶりだった。「立ちあがらなくても許してくれるね？」

「もちろん」アビーは唇を噛《か》みしめた。「家に帰ってこられてうれしいでしょうね。気分はどう？」

ルークが口を引き結んだ。「どう見える？」

「ええと……元気そうに見えるわ。少なくともこの前私が見たときよりは」

「教えてくれ」ルークがそっけなく言った。「昏睡《こんすい》状態に陥っていたときの僕はどんなふうだった？　今のこのひどい姿から判断して、そのとき君が以前のような吐き気にまた苦しんだと聞いても、僕は驚かないよ」

アビーの口元は今や引きつっていた。「ちっともおかしくないわ、ルーク」

「僕がおかしいと言ったか？」ルークが片方の眉をつりあげた。「ああ、おかしくなんかない」そこで少し間を置いた。「だが、君は僕の質問に答えていない。それとも、礼儀をわきまえているから答えられないのか？」

「私は病院ではほとんどあなたに会えなかったのよ」アビーは弁解がましく言った。「あなたは全身に包帯を巻かれていた。見た目なんて気にもしていなかったわ」

ルークは眉間にしわを寄せた。「君の言うことを信じていいんだろうか？」

「知らないわ」アビーは背筋を伸ばした。「とにかく、本当のことだもの」

ルークの父親からはこういう事態を覚悟しておくように言われていた。退院以来、息子は気むずかしく、理屈っぽくなっていると。安静にしていなくてはならないのに、毎朝パソコンに向かい、ジェイコブズ・タワーにいる部下たちに長々と説教しているという。そして、訪ねてくる人には会おうとしない。興味があるのは仕事だけらしい。

まるで自分自身にも他人にも、怪我《けが》をしても仕事の能力は衰えていないことを証明しようとしているかのようだ。

ルークは明らかに自分の弱さを嫌悪している。それに、顔の傷が決して消えないと思いこんでいる。父親に自分は醜い怪物のようだと言ったらしいが、アビーはまったくそんなふうには思わなかった。

自分の姿に対してどんな反応が返ってくるか、ルークはじっとうかがっている。アビーはため息をついた。確かに頬の傷は残るだろう。でも、そんなことは私にとってどうでもいい。ルークはずっとルーク、私が愚かにも恋してしまった男性のままだ。

でも、どうしたら彼にそう信じさせられるだろう？

最初、アビーは楽観的だった。オリヴァーが話をつけてくれたおかげで、集中治療室《ICU》に入ってルークのそばで過ごせるようになったからだ。

ルークにまだ意識がなく、再びCT検査に連れていかれたときは心配だった。彼の父親が、脳圧が高まって内出血が起きないよう、頭蓋骨に穴をあけなくてはならなかったのだと説明した。昏睡状態に陥ったのもそれが原因だが、治療は効果を上げているとのことだった。

その後、アビーは医師たちに勧められ、できるだけルークに話しかけるようにした。声が聞こえているのかどうかわからなかったが、ルークに向かっておしゃべりを続けた。彼は昏睡状態に陥っているのではなく、眠っているだけのようなふりをして。

本当はその間ずっとやきもきしていた。ハーレーが一緒にいてくれたら心が慰められるのにと思ったが、当時はローリーが面倒を見てくれていた。そのおかげで好きなだけ病院で過ごすことができた。

アビーは何日も一方的な会話を続けた。そしてついに奇跡的にルークが目を開けたとき、自分に気づいて彼が喜んだように見えた。

話はほとんどできなかった。ルークは頭にも体にも包帯が巻かれていて、話をするどころではなかった。だが、アビーは彼の目が気持ちを語っていると信じた。その夜、小さなバンを運転して家に向かいながら、天にも昇る心地だった。

しかしあとになり、それが愚かな思いこみだったとわかった。ルークが昏睡状態から覚めたからといって、二人の関係が根本的に変わると早合点するべきではなかった。だが、アビーは彼が生きていて、意識を取り戻しただけでうれしく、その先のことはまったく頭になかった。

それが間違いだった。

次の日、まさかルークに面会を拒否されるとは思ってもみなかった。それ以来、彼の容態を知るにはフェリックスやオリヴァーを頼らなくてはならなくなった。

そのうちフェリックスが、ルークは順調に回復している、合併症も起きていないから、まもなく家に帰れるだろうと教えてくれた。

〝ここを出れば、状況も変わる〟彼はアビーを励ました。〝この場所が悪いんだ。ここが人がおかしくするんだよ〟

しかし、退院してもルークは変わらなかった。アビーには理解できなかった。私が最初に病院に駆けつけたとき、彼は私を愛していると言ったのに。それから何が変わってしまったの？

私ができるだけ長くＩＣＵで過ごしていたことをルークは知らないの？　事故以来、どんなに心配したことか。彼の怪我がどれほど深刻だと判明しても、私の気持ちが変わることはないのに。

でも、ルークは変わると思っているのかしら？

オリヴァーから連絡をもらって初めて、アビーはルークの精神状態を知った。ある程度親しくなっていたオリヴァーは何度かカフェを訪れ、息子の近況を知らせてくれた。

ルークは事故を思い出させる人とは会いたがらないと、オリヴァーは言った。病院にいたときに投与されていた薬のせいでふさぎこみ、混乱していると。ルークが仕事をしているのは、それが慣れ親しんだことだからだ。個人的な事柄に関心を向けるようになるのはまだだいぶ先だろう……。

もっと複雑な事情があるのではないかとアビーは思ったが、オリヴァーの言うことを信じるしかなかった。ルークと直接話ができるようになるまでは。

そして事故から六週間、退院から三週間たった今、ようやくルークとの面会がかなった。

今日招かれたのは、アビーが予想していたバースのオリヴァーの家ではなかった。どうやらルークはロンドンにある自分の家で療養すると言い張ったらしい。

アビーはその家に感嘆せずにいられなかった。ジョージ王朝風のタウンハウスは四階建てで、正面玄関の両側に細長い窓がついていた。玄関のドアはつややかな黒に塗られ、ぴかぴかに磨きあげられている。たくさんの窓は鎧戸《よろいど》付きで、玄関のドアの上には半円形の明かり採り窓があった。

きっと億万長者が住んでいるに違いないと、アビーが思ってきたような家だ。つまりその家は、二人の住む世界が今やどんなにかけ離れているかを彼女にはっきりと思い知らせた。

家の中も同じくらいすばらしかった。長い廊下の先には、朝の太陽の温かい光があふれるサンルームがあった。玄関ホールの壁際に置かれた半円形のテーブルにはボウルに生けた秋の花が飾られ、ルークへのお見舞いのカードがシルバーのトレイにのせられていた。

階下の部屋は、家政婦と一緒に螺旋《らせん》階段をのぼりながらちらりと見ただけだが、控えめで上品な印象だった。

だが、この家に招かれたとはいえ、アビー

はもはや以前のように楽観的ではなかった。オリヴァーが彼女に会うようにとルークを説得したに違いないが、それは最も好ましくない状況だ。アビーは何よりも妊娠のことを意識していた。

今、ここに立っていても、自分の姿が気になってしかたがない。服はすでにきつくなり、胸はブラジャーからこぼれそうになっている。

今の私は、四カ月前の朝、ルークがカフェに入ってきて思いがけず再会した女性とはまったく違う。アビーは自分だけが大きく変わってしまったことが恐ろしかった。

ふいにルークが、窓際の長椅子に向けて置かれた肘掛け椅子を手ぶりで示した。「座ってくれ」そして、窓枠から足を下ろした。ルークは用心深く動いていたが、その顔を苦痛の表情がよぎったことにアビーは気づいた。しかし、彼はすぐにその表情を押し隠し、脇に置いてあった杖《つえ》をつかんで立ちあがった。

言われたとおり肘掛け椅子に腰を下ろしていたアビーは、困惑して彼を見あげた。「どこへ行くの？　どうかしたの？」

「どうかした？」ルークの口調は皮肉に満ちていた。「僕が立ちあがると何か問題があるのか？」そう言って、窓から慎重に一歩離れた。「君に渡したいものがあるだけだ」

「私に渡したいもの？」アビーは無表情に繰り返した。

部屋の向こう側にあるキャビネットへ向かいながら、ルークが言った。「今後しばらく僕たちは会うことはないだろう。だから君には必要なものをすべて用意しておきたい」

アビーはあんぐりと口を開けた。「なんですって？」今耳にした言葉がとうてい信じられなかった。

「今後しばらく僕たちは――」

言いかけたルークを、アビーはさえぎった。

「あなたがなんて言ったかはわかっているわ」大声を出すと、ルークが足をとめた。「私はただ……」いったん口をつぐみ、いくらか落ち着きを取り戻してから尋ねた。「あなたはなんの話をしているの？」

ルークが鋭く目を細めて言った。「君はもちろんわかっていると思っていたよ。僕たちはもう会わないほうがいい」

「なぜ？　この前私のカフェに来たときに言ったことと違うわ」

ルークは深呼吸をしてから再びキャビネットへ向かって歩きだした。「少し待ってくれ。そうしたら君もわかってくれるだろう」

「どうかしら」アビーは立ちあがった。「そんなふうに歩きまわっていいの？」そっけなく尋ねた。「あなたはとても――」

「弱々しい？」ルークが嘲るようにさえぎった。「ああ、僕の姿を見て君がどんなにショックを受けたかはわかっている。僕はもはや君が期待していたような望ましい結婚相手ではないからな」

「ばかなことを言わないで！」アビーはあきれてルークを見つめた。「ひどく顔色が悪いと言おうとしただけよ」そこで息を継ぎ、ぶっきらぼうに続けた。「あなたがそんなに虚栄心の強い人だとは思わなかったわ」

ルークはアビーに背を向けていたが、肩をすぼめたのがわかった。「虚栄心が強いんじゃない。現実的なだけだ」

「本当に？」アビーは怒りがこみあげるのを感じた。「じゃあ、あなたがこの数週間ずっと私に会うのを拒んでいたのは、単に私があなたの見た目を気に入らないかもしれないと不安だったからだというのね？」

「それは……違う」ルークは認めたが、まだアビーのほうを見ようとはしなかった。「君がそんなに浅薄な人間だとは思っていない」

「ありがとうと言うべきなのかしら」

「だが、肉体的にも精神的にも傷物になった男に君を縛りつけるのはフェアではない」ルークが厳しい口調で続けた。「君はかつてつらい経験をした。再び苦しみを味わいたくはないはずだ」

16

アビーがもどかしげにため息をつくのが聞こえた。僕がいったい何を言いたいのか考えているのだろうと、ルークは思った。

だが、フェリックスの調査で、ハリー・ローレンスが最低の男だったことがはっきりした今、アビーに僕の問題を背負わせるわけにはいかない。

「わからないわ」アビーがぞんざいに言った。

「ハリーのことを言っているの？」

「ほかに誰がいる？」

「でも、あなたはハリーのことを何も知らないでしょう」アビーがじれったそうに言った。「それに、私にははっきりわかるわ。あなたは彼とはまったく違うと」

「そうかな？」

ルークはすでにキャビネットの前にたどり着き、いちばん下の引き出しを開けようとしていた。あいにく、身をかがめて片手で引き出しを開けるのはむずかしい。杖《つえ》が手をすり抜けて落ちてしまい、彼はいらだって悪態をついた。

アビーがすぐに気づいて駆け寄ってこなければ、ルークは倒れていただろう。アビーは彼の腰に細い腕を回して支えた。その瞬間、ルークは背中に彼女の腹部のかすかなふくらみを感じた。

赤ん坊だ。ルークは気づいた。だが、自分はその子に関わってはならないことを思い出し、顎をこわばらせた。振り返ってアビーを抱きしめたくてたまらないが、もうそんなことをする権利はないのだ。

「何か取ってきてほしいなら、私に頼めばよかったのに」ルークが体勢を立て直そうとすると、アビーはかすかに息を切らして言った。

「どんなことであれ、進んで危険に身をさらすほど大事なことではないはずよ」

「危険に身をさらしてなどいない」ルークはどうしても辛辣な態度をとらずにいられなかった。「ちょっと判断を誤っただけだ。それがどんなことかは誰よりもよく知っている」

「あの事故もあなたが判断を誤ったせいだと言っているなら、それは完全に間違いよ」反論するアビーの温かい息がルークのうなじにかかった。「ねえ、座っていたら？　必要なものは私が取ってくるから」

さらに数秒間、ルークはあえてアビーにもたれていた。彼女の体のぬくもりにひたり、その肌の芳しい香りを吸いこんだ。

体はたちまち興奮し、熱くこわばったが、衝動的な欲求に身をまかせるわけにいかなかった。アビーになんの制約もない新しい人生を始めるチャンスを与えたいのならば。

アビーは急いでルークを放そうとはしなかった。それどころか、彼のみぞおちに両手をやさしく当てている。これでは遠からず、見かけほど自分をコントロールできていないと彼女に気づかれてしまうだろう。

だが、ルークが身を引こうとしたまさにそのとき、アビーが彼の背中に額を押し当ててささやいた。「さっきのことを話し合えない？　あなたが自分のことをかつてのようにハンサムな男だと思わないからって、私があなたとの関係を終わりにしたがっていると勝手に決めつけられたら困るわ」

「僕はハンサムな男なんかじゃなかった」ルークは皮肉をこめて言った。「だが、君の重荷になるつもりはないんだ、アビー。君がローレンスのことでどんな苦しみを味わったか、僕はもう知っている。君はもっと幸せな人生を手に入れるべきだ」

アビーがぴたりと動きをとめ、ルークが倒れないことを確認してから、彼の顔が見えるように前へ回った。「どうして知っているの？　つまり、ハリーのことを？」一瞬、疑わしげな表情が顔に浮かんだ。

ルークは杖に寄りかかった。ここが最大の難所だとわかっていた。

「ローレンスは刑務所に入っている」彼は気が進まなそうに言った。「知っていたかい？」

「刑務所？」アビーが信じられないと言いたげにルークを見た。「いいえ、知らなかったわ。知るはずないでしょう」そして黙りこんだ。ルークの言葉についてじっくり考えているようだ。少しして、再び口を開いた。「でも、どうしてあなたが知っているの？」そう尋ねたとたん、答えが思い浮かんだらしく、幻滅の表情が顔をよぎった。「彼のことを調べたのね？　私の言うことが信じられないから、自分で確かめようと思ったんでしょう」

ルークはため息をついた。「それだけが理由じゃない」こういう事態になることは予想していた。だからアビーに会うのをずっと先延ばしにしていたのだ。「あの事故の前に、ローレンスが今どうしているか調べてくれとフェリックスに頼んだんだ。事故にあって君にそのことを話せなくなるとは思ってもみなかった」

アビーが一歩あとずさった。「フェリックスに頼んだ？」そう言って、かぶりを振った。「それなら彼が私に話したはずよ」

「フェリックスは僕の許可がなければ何も話さない」ルークはうんざりしたように息を吐き出した。「彼はわかっていたよ、君はきっと僕が君について調査したと思うだろうと」

「現にそうしたんじゃないの」

「君が言うような意味じゃない」ルークは声を荒らげた。「君とローレンスの関係には僕

が初めに思っていたよりも重大な問題がある
と、以前から察していた」
「そうしたら偶然、ハリーが刑務所にいるこ
とがわかったのね」アビーがうたぐり深そう
に言った。「なんて都合がいいのかしら」そ
れから、考えこむように眉根を寄せた。「で
も、フェリックスはどうやってハリーのこと
を調べたの?」
少しふらついたが、ルークはどうにか自分
の力で立っていた。「フェリックスの知り合
いが金融街で働いているんだよ。その男にロ
ーレンスの話をしたら、妻を虐待した罪で有
罪判決を受けたと教えてくれたそうだ」
「妻を虐待?」アビーは心底驚いたようだ。
「でも、私は何も——」
「わかっている」ルークは苦々しげに言った。
今はこの話に踏みこみたくなかった。「どう
やら彼は二年ほど前に再婚したようだ」
「それで、あなたはいつ私にこの話をするつ
もりだったの?」
「話すつもりはなかった」ルークは言った。
「君がどう思うかはわかっていたから。だが、
事情によって話は違ってくる」
ルークはため息をつき、さしあたってキャ
ビネットの引き出しを開けるのをあきらめる
と、体を引きずるようにしてベッドへ行き、
マットレスに腰を下ろした。
「すまない」沈んだ口調で言った。「少し時

間をくれ。僕の脚は自分で思っていたほどよくなっていないようだ」

アビーの表情がたちまち変わり、怒りは心配に取って代わられた。彼女はルークの隣に座り、心配そうに彼を見つめた。

「あやまらなくてはならないのは私よ」アビーはつぶやき、一瞬ためらってから彼の背中をやさしく撫《な》ではじめた。「あなたはまだ療養中だと早く気づくべきだったわ。話をするのはあなたの具合がよくなってからで――」

「だめだ！」

今この話を片づけなくてはならないと、ルークはわかっていた。アビーと一緒にいたいという願望に負けてしまう前に。背中を撫でる手の感触は欲望を刺激するが、彼女をここに呼んだ理由を忘れてはならない。

それでもまだ、Tシャツ越しのアビーの手の熱さを、腰に触れる腿のぬくもりを感じた。こんなふうに二人で過ごすのはこれが最後かもしれないと思うと、肌が刺すように痛む。だが、何があろうと冷静さを保たなくては。

「アビー」ルークはかすれた声で言った。気力がなえてしまう前に、言わなくてはならないことを言ってしまおうと必死だった。

それなのに、アビーの手はルークの肩に上がってきて、そこからうなじへ移った。

肌を這《は》うアビーの指の感触はまさに拷問だった。脈が大きく打ち、血が血管を勢いよく駆けめぐる。アビーを見つめると、胸が締めつけられた。繊細なカーブを描く頬骨、柔らかく無防備そうな唇……。

「君を傷つけるようなことはしない」言うつもりのなかった言葉を口にしてしまい、ルークは歯噛《はが》みして両手をきつく握りしめた。

「それは信じてくれ」

「もちろん信じるわ」アビーの指がルークの無精髭《ひげ》を軽くかすめた。「でも、あなたは私を信じなかった。決して信じなかった」

ルークは愛撫《あいぶ》するようなアビーの手から無理やり身を引いた。傷跡に触れられたら、彼女を手放す勇気を永遠に失ってしまうだろう。そう思うと怖かった。

息が喉につまった。遅すぎるとわかっていたが、ルークはなんとか説明しようとした。

「事故にあわなければ、ローレンスのことを話していたと思う」彼は自信なげに言った。

「だが、君が彼にひどい仕打ちを受けながらも結婚生活を続けていたという事実に、僕はいらだっていた。いったいどうして彼と別れなかったんだ?」

アビーがため息をついた。「私には私なりの理由が――」

ルークは身を硬くした。「彼を愛していたのか?」

「愛していなかったと思うわ」アビーが悲しげに認めた。「でも、母が彼を気に入っていルークは自分を苦しめるアビーの指をとらえ、膝の上に引き寄せた。「それで、彼はいつから君に暴力を振るいはじめたんだ？」かすれた声で尋ねた。

「まあ……」アビーがつぶやき、それから消え入りそうな声で続けた。「じゃあ、私の言うことを信じるの？」

「前からそうじゃないかと思っていたんだ」震える指でアビーの拳を撫でながら、ルークは言った。「ワインバーで会ったあの夜も、君の首に痣《あざ》があるのに気づいていた。いまだにわからないのは、なぜ君が彼と別れなかったのかだ」

「でも、あなたは一度もなぜかと尋ねなかったから、母の判断を信用したの」

「そのあとは？」

アビーがルークの頭に手を当てた。手術に備えて髪が剃《そ》られた場所に触れると、彼女の呼吸が速くなった。ルークは死んでいたかもしれないと、改めて認識したかのように。それに応えて彼の神経も張りつめた。

喉をつまらせながらも、アビーは先を続けた。「ハリーなら私の面倒を見てくれると、母は思ったんでしょう。彼は給料の高い仕事について、高級アパートメントに住んでいたから。彼が私をどんなふうに扱っていたか、母は知らなかった。ハリーは母に疑いを抱かせないように細心の注意を払っていたわ」

たわ」アビーが弱々しくつぶやいた。

「答えを知りたくなかったんだと思う」ルークは正直に言った。「君たちが一緒にいると思うたびに、僕は――」

「ハリーと結婚して二年ほどたったころ、母が重い病気にかかったの」アビーは急いで口をはさんだ。「結婚生活がうまくいかないのはすでにわかっていたわ。でも……」言葉を切り、唇を噛みしめる。「母は二十四時間の看護が必要で、私の給料ではその費用をまかなえなかった。それに、もっと悪化したときに適切な療養施設に入れる余裕もなかった。ハリーは私の母に心配いらないと言ったわ。自分がすべて面倒を見るからと」

「それで、そうしたのか？」

アビーがうなずいた。

ルークは彼女をじっと見つめた。「どうして話してくれなかったんだ？」

「いつ話せたの？」アビーはルークにつかまれていた手を引き抜き、膝の上で指をきつく組み合わせた。「あなたが初めて私の店に現れて、夫を裏切ったと私を非難したときに？それとももっとあとで、私とベッドをともにしておきながら、私のような女は決して信用しないとはっきり言ったときに？」

ルークは顔をしかめた。「ワインバーで会おうと電話をかけてきた夜はどうだったんだ？　そのときに話せたんじゃないのか？」

「ええ、そうね」アビーは小さく声をもらし、ベッドから立ちあがった。「どうやって話せばよかったのかしら?」肩越しにちらりとルークを見た彼女の顔には、傷ついた表情が浮かんでいた。「そうね、こんなのはどう? 〝ところで、ルーク、あなたに言っておくべきだったんだけど、私は結婚しているの。夫は私に暴力を振るっていて、でも、私が黙っていれば病気の母の治療費を払ってくれると言うのよ〟」アビーは唇をゆがめた。「ええ、そうしたらきっとうまくいったでしょうね」

ルークはそれ以上聞いていられず、アビーの手首をつかんで引っぱり、再びベッドに座らせた。そして、気がついたときには彼女の頭のうしろに手を当て、唇を重ねていた。

「すまなかった」アビーの唇に向かって彼はささやいた。「悪かったよ。僕は大ばか者だった。許してくれるかい?」

アビーは息をのんだが、身を引きはしなかった。過去の罪を償うために始めたキスだったが、たちまちルークの分別は激しく揺さぶられた。数週間ぶりに抱きしめたアビーの体は腕の中にしっくりとなじみ、放したくなくなった。

腕の痛みを無視し、アビーをベッドに横たえると、ルークはその上におおいかぶさった。スウェットパンツの下の熱い高まりが、待ち受ける彼女の脚の間におさまった。

アビーの片手が下りてきてスウェットパンツの中にすべりこむ。その指が脈打つ興奮の証《あかし》を包みこむと、ルークは頭がくらくらした。

アビーが欲しい。彼女と一緒にいたい。今だけでなく、この先もずっと。僕にこんなふうに思う権利があるだろうか？　これから一生、不自由な体のままかもしれないのに。

だめだ！

なけなしの自尊心を失いかけているのに気づいて体を引くと、アビーはしぶしぶルークを放した。しばらくの間、ルークは彼女の隣に仰向けになり、必死に自制心を取り戻そうとしていた。

やがて呼吸が落ち着いてきて、ルークは体を起こした。杖を使って立ちあがると、再びゆっくりとキャビネットへ向かった。

今回はどうにか引き出しを開け、グリーンのファイルに入った書類の束を取り出すことができた。

そして、元の場所に戻った。ベッドではなく、最初に座っていた窓際の長椅子に。

17

「ルーク？」アビーは肘をついて体を起こし、眉をひそめた。「どうしてそっちに座るの？」

ルークが顔をゆがめた。「君の隣にいると、自分を信用できなくなるからだ。君と一緒にいたいのはやまやまだが、もうそういうことは起こらない」

アビーは立ちあがり、ルークをじっと見つめた。「何が起こらないの？」

「二人の間には何も起こらないということだ」ルークはアビーの視線を避け、引き出しから取り出したファイルを見おろした。「どうして今日ここに来てくれと言ったのか、不思議に思っているだろうね」

アビーは顔をしかめた。「あなたが正気を取り戻したからだと思っていたわ」

ルークが口元をゆがめ、悲しげにアビーを一瞥《いちべつ》した。「ある意味では、そのとおりだ」そこでひと呼吸置いた。「もっとも、君が言っているような意味ではないと思うが」

アビーは今や緊張していた。「続けて」

ルークがファイルから公的書類らしい束を取り出し、アビーを見た。「本当はこんなことは弁護士にまかせるべきだが、君にもう一度会いたいという気持ちに負けて、自分で話すことにした」

「何を話すの？」アビーはうろたえた。「もし事故に関係のあることなら――」

「関係はある」ルークが彼女の言葉をさえぎった。「僕は目に見える怪我《けが》以外にも合併症がある。少なくとも、脚が完全に元どおりになる保証はないと医師に言われた」

「だから？」アビーは困惑した。「何があっても私はあなたのそばにいるわ。それはわかっているでしょう？」

「いや」ルークが荒々しく言った。「君がこの先一生、体の不自由な者の面倒を見ることを、僕が本当に望んでいると思うのか？　君にそんなことはさせたくない」

アビーは信じられないと言いたげに息を吸いこんだ。「じゃあ、私の望みはどうなるの？」

「君が善意から言っているのはわかるが、これは軽々しく決められる問題じゃない。君にまだ話していない損傷もあるんだ」

「頭蓋骨に穴をあけ、脳圧を下げなくてはならなかったことは知っているわ」アビーは慎重に言った。「その治療は完全にうまくいったと、お父さまからは聞いたけど」

「どうして父にそんなことがわかる？」ルークがもどかしげに言った。「そういう治療がうまくいったかどうか、誰にも確実なことは言えないんだ」

「でも、あなたの頭は完璧に正常に働いているわ」アビーは猛然と言い張った。「自分でもわかっているはずよ」

「だが、症状がぶり返したら？　さらに悪くなったらどうする？」

「もしそうなったら、そのとき立ち向かえばいいわ」アビーはため息をついた。「悲観的にならないで、ルーク。将来何が起きるかなんて誰にもわからないのよ」

「君は勇気があるな。だが、現実的にならなければ」ルークはかすかにふくらんだアビーの腹部に一瞬視線を落とし、唇を引き結んだ。

「君は赤ん坊のことで対処しなくてはならないことがたくさんある。僕がいたら厄介事がさらにふえるだけだ」

アビーは唇を引き結んだ。「子供にとって――私とあなたの子供にとって、父親を知っていることのほうがもっと大事だと思わない？」彼女は強い口調で尋ねた。「赤ちゃんにはあなたが必要なのよ、ルーク。私にはあなたが必要なの。私はあなたを愛しているわ。それで十分じゃないの？」

ルークは手に持った書類をじっと見つめ、アビーの問いかけに答える代わりに言った。

「君と赤ん坊のために手はずを整えた。すぐに手続きに取りかかるよ」

「ルーク……」

「だがその前に、例の開発は計画どおり進めることを伝えておきたい。当初の計画にいくつか変更を加えたが、それについては君も賛成してくれると思う」

「今はそんなことを考えている場合じゃないわ、ルーク」

「スーパーマーケットを造るという計画は変わらない」ルークが頑固に言った。「だが、近くにショッピングモールを建設して、個人商店が加われるようにする。もちろん、君もほかの店主たちもそこの店舗を借りられる。通りすがりの客を獲得するチャンスもふえるだろう」彼はファイルから建築図面を取り出し、自分の座っている長椅子の上に広げた。

「これは議会に提出する計画書のコピーだ」

アビーはかぶりを振った。「そんなことまでする必要はなかったのに」

「いや、あった」ルークが断言した。「計画の変更は以前から――事故にあう前から決めていたんだ。賃貸料に上限を設ける話し合いも進めている。君の友達のヒューズも喜ぶだろう」

「彼は友達じゃないわ」アビーはきっぱりと否定した。「でも、そうね、彼は自分が勝ったと考えるでしょう」

「あの男がどう考えるかを僕が気にしているとでも思うのか？」ルークが鋭く尋ねた。

「僕はあいつのために計画を変更したんじゃ

ない。君のためだ。君の生計の手段を奪いたくないからだ。もしも君が僕の援助を拒んだときに備えて」

「なんの援助？」

「今から話すよ」ルークは呼吸を整えた。

「少し時間をくれれば……」

しかし、アビーはさっさと立ちあがり、窓際の長椅子に行ってルークの隣に座った。腰が触れ合わないように彼が体をずらす。アビーはそれに気づき、まだ腿が痛むからだと自分に言い聞かせた。

そして、広げられた計画書をきちんとたたむと、脇に押しやった。「さあ、私たちのことを話しましょう」

「今から話すよ」

「早くしてちょうだい」アビーは非難をこめてルークを見た。「あなたがお金を渡して私を追い払おうとしているのではないことを願うわ」

ルークが鋭く息を吸いこんだ。「そういう言い方をするつもりはない。ただ、君と赤ん坊にとって最善のことをしたいんだ」

「私だってそうよ」

「君たちに経済的な安定を保証すれば、君が一人でやっていかなくてはならないことに少しは後ろめたさを感じずにすむ」

アビーは眉をひそめた。「一人でやっていかなくてはならないって、どういう意味？」

ルークは唇をすぼめ、それから静かに言った。「僕はしばらく外国で暮らそうと思っている」

「外国？」アビーは衝撃のあまり胃が足元まで落ちたような気がした。「どこなの？」

「まだ決めていない。このとおり、まだ旅行に出られるような体ではないからね」

「一人で行くの？」

「もちろん一人だ。つまり、フェリックスは別として、ということだが。彼が僕を一人で遠くへ行かせてくれるとは思えない」

アビーはつらくてルークを見られなかった。

「でも、私には一緒に行く権利はない、そう言っているの？」苦しげに尋ねた。「ねえ、ルーク、あなたは私を愛していると言ったじゃないの。私はあなたの子供を身ごもっているのよ。そのことはあなたにとってなんの意味も持たないの？」

「大きな意味を持っている。当たり前じゃないか」いらだちが怒りに取って代わられたように、ルークが言い返した。「僕が本当にこんなことを言いたがっていると思うのか、アビー？　知り合いもいない辺鄙《へんぴ》な国へ本気で行きたがっていると？」

ルークはどうにか立ちあがった。その強さは、自分は不十分な人間だという劣等感から生まれたものだろうとアビーは感じた。

「だが、僕はここにはいられない。君のそばにいると衝動に負けてしまうからだ。最初は君に結婚してくれと言うつもりだった。だが、今となってはそれは単なる甘えだ」

「だったら自分を甘やかさないで、私を甘やかして！」アビーは激しい感情に駆られて叫ぶと立ちあがり、離れようとするルークを押しとどめた。「あなたの赤ちゃんを甘やかして」かすれた声でさらに続け、杖《つえ》を持っていないほうのルークの手を腹部に引き寄せる。「私はあなたが必要なの。私も赤ちゃんも、あなたが必要なのよ。あなたも私たちが必要だということを、本当に否定するつもりなの？」

ルークは苦悩に満ちた目でアビーを見おろした。「その答えは君もわかっているだろう」

「じゃあ、なぜためらうの？」アビーはさらにルークに近づき、本能的にあとずさろうとした彼に腕を回した。「ねえ、わからないの？　二人一緒なら、どんな問題にも立ち向かえるわ。簡単なことなど一つもないでしょう。でも、愛し合っている限り、どんな困難も私たちを引き離すことはできないわ」

「だが、君がそんな目にあう必要はないんだ！」

「あなただってないわ」アビーはかすれた声で言い返した。

「君はローレンスのせいでつらい経験をした」ルークが反論した。「僕まで君の重荷になりたくない」

「あなたは重荷になろうとしても、なれないわよ」アビーはささやき、背伸びをしてルークの唇の端に唇を押しつけた。「私はあなたと一緒に生きたいの。あなたと人生を分かち合いたいの」そこでふいに顔をしかめた。

「正直に言って、結婚はしてもしなくてもどちらでもいいわ。あなたが私を追い払いさえしなければ」

「それがまさに僕のするべきことだ」ルークは顎をこわばらせて言ったが、さっきほど確信に満ちた口調ではなかった。

「あなたがするべきことは、私を抱くことよ」アビーはハスキーな声で言った。「私たちに一緒の未来はないと言うのは、そのあとにして」

しばらくたって、ドアをノックする音がした。

ぐっすり寝入っていたルークはしぶしぶ身じろぎした。脚の包帯にやさしく触れている腿のぬくもりを感じ、アビーのほうを見ると、彼女もかすかに体を動かした。

つややかな髪が枕に広がり、ルークの怪我をしていないほうの腕に胸がそっと押しつけられている。アビーは信じられないほどセクシーで、信じられないほど美しい。声を発したら二人にかかっているすばらしい魔法が解けてしまいそうで、ルークは黙っていた。腕時計に目をやると、さっきから一時間ほどたっている。

だが、アビーはもう目を覚ましていた。喜びにあふれた彼女の笑顔を見て、ルークは思わず激しい口調で言った。「ああ、僕は君を愛している。いったいどうしたら君を手放せるだろう？」

「手放せないわ」アビーは自信たっぷりに言うと、身を乗り出して彼の頬の傷跡にキスをし、いたずらっぽく両眉をつりあげた。「でも今は、誰が来たのか見てきたほうがいいわね。私があなたを誘拐したと思われる前に」

ルークがかぶりを振り、つぶやいた。「結局そういうことになるかもしれないな」

「ありうるわね」アビーは喉を鳴らして笑うと、チュニックをつかんで頭からかぶった。「ノックをしたのはたぶん家政婦さんでしょう。あとで紅茶を持っていくと言っていたから」

「紅茶だって！」ルークが顔をゆがめた。「君に結婚を申しこむなら、紅茶よりも強い飲み物が必要だ」

アビーはわざわざレギンスをはくのはやめてドアに向かっていたが、今のルークの言葉を聞いて振り返り、ぽかんと口を開けた。「そんなことを言って、私がおとなしくしていられると思っているの？」

するとルークが肘をついて体を起こし、興味深げに彼女を見た。「それで？　君はどうするつもりだい？」

「いいえ」彼女は素直に認めた。「でも、いずれにせよ、私の返事は同じよ。ええ、結婚するわ、あなたと」

再びノックの音がして、アビーはためらった。ドアを開けなくてはならないという考えと、どうしてもベッドに戻りたいという差し迫った思いの間で心が引き裂かれた。

ルークがアビーを引っぱって自分の隣に座らせ、さっきよりさらに激しいキスを返すと、彼女は身を震わせた。ルークはアビーにおいかぶさり、やみくもに彼女の口の中に舌をすべりこませた。アビーはそれに応えて喜びの声をもらした。

ドアの外に誰がいたとしても、その人は今は紅茶は必要ないと結論を下したようだった。

「いまいましい人ね」アビーは力なくつぶやき、再び聞こえたノックを無視してベッドに戻った。

「そんなプロポーズへの応え方があるかい？」ルークがからかうと、アビーは両手で彼の顔をはさみ、むさぼるように唇にキスした。

エピローグ

一年近く前に買ったコテージの門の中へルークが車を乗り入れたのは、夕方近くだった。

枯れ葉の散った私道のカーブを曲がり、壁沿いに藤が垂れさがった家が見えてくると、アビーは改めて思った。都会から逃げ出してこられるこんな場所を持っているなんて、自分たちは本当に幸運だと。

最初、ルークが父親の家の近くにあるコテージを買おうと提案したとき、アビーはコッツウォルズ風のコテージを想像していた。草ぶきや板ぶきの屋根か、柱廊玄関《ポルチコ》付きの家を。

だが、それは思い違いだった。このコテージは、より正確に言うと、田舎にある貴族の館に近い。寝室とバスルームが半ダースずつあり、住みこみの家政婦が一年を通じて屋敷を管理しているような館に。

ここの家政婦のミセス・ベインブリッジは、機転のきく感受性の鋭い女性だ。そして、彼女の夫が広大な庭の手入れをしてくれている。

車が砂利敷きの前庭にとまると、アビーは後部座席を振り返った。一歳半になる息子、マシュー・オリヴァー・モレリはベビーシートでうとうとしていた。その隣の座席にはハーレーがベルトで固定されている。

マシューはロンドンからの道程をほとんど起きていて、誰にもまねできない独自の言葉でしゃべりつづけていた。だが、道路がしだいに狭くなり、両側の高い生け垣で視界がさえぎられるようになると、ようやく眠りに落ちた。ハーレーはつかのまの休息を喜んでいるだろうと、アビーは思った。マシューはときどきとても騒がしいからだ。

「マシューは僕たちが車から荷物を下ろすまでおとなしくしていてくれるかな？」ルークが皮肉めいた口調で妻に尋ねた。

「あら、マシューのことなら、きっとハーレーが協力してくれるはずよ」アビーはいたずらっぽく答えた。「ミセス・ベインブリッジが夕食においしいものを用意してくれている限りは」

ルークはしかめっ面をし、手を伸ばして妻の顔を自分のほうに向けると、親密なキスをした。「僕は夕食の前においしいものを味わいたい」顔を上げながら、舌で彼女の唇にそっと触れる。「僕の望みをかなえてくれるかい？」

アビーの呼吸が速くなった。何も変わっていない。結婚してほぼ二年になるのに、いまだにルークにキスされるたびにとろけてしまう。

「あなたの息子がお風呂に入ったあとすぐに

寝てくれたら、お役に立てるかもしれないわ」アビーは甘い声で言った。「約束はできないけれど」

ルークがかぶりを振り、車のドアを開ける前にもう一度アビーの心をかき乱すようなキスをした。「君は意地が悪いな、ミセス・モレリ」かすれた声で言った。「さあ、まさにぴったりのタイミングでミセス・ベインブリッジが現れた」

家政婦が玄関のドアを開け、顔を輝かせて立っていた。六十代の魅力的な女性だ。三人に会うのがいつもうれしそうで、小さな息子に完全に心を奪われている。彼女の夫も同様だ。

「いい旅でしたか?」車のトランクから赤ん坊の荷物が入ったマザーズバッグを下ろしながら、ミセス・ベインブリッジが尋ねた。

アビーは彼女の隣に立ち、後部座席のドアを開けてハーレーの胴輪《ハーネス》をはずした。「悪くなかったわ。渋滞もそれほどひどくなかったし。さあ、いい子にするのよ、ハーレー」生け垣の剪定《せんてい》をしているミスター・ベインブリッジをめざして駆けていくゴールデンレトリーバーに向かって、彼女は声を張りあげた。

それから庭の管理人と笑みを交わした。「ご機嫌いかが、ミスター・ベインブリッジ?

相変わらず仕事熱心ね」

「もうすぐ終わりますよ、ミセス・モレリ。

もうすぐです」管理人がかがみこんでハーレーの耳を引っぱりながら言った。「あの人はさっき紅茶を飲んで温かいスコーンを食べたばかりなんです」彼の妻がそっけなくささやいた。「ちっとも働きすぎではありませんよ、ミセス・モレリ」

車を降りるのにもう少し時間がかかったルークは、ほっとして背筋を伸ばした。あの事故から二年以上たつが、今も右の腿は硬くこわばっている。同じ姿勢を長く続けているとなおさらだ。

だが、ルークは奇跡的な回復を遂げてきた。それはなんといっても、今が彼の人生で最も幸せだからだろう。オリヴァー・モレリは息子の回復に最も貢献したのはアビーだと考え、義理の娘をすっかり気に入っている。だからこそ、息子夫婦がコテージに滞在しているときは頻繁に訪ねてくる。

「今日はいい天気でしたね。週末も晴れの日が続くそうですよ」ミセス・ベインブリッジがそう言ってから、後部座席をちらりとのぞいた。「私が坊ちゃまをベビーシートから下ろしましょうか？」

「僕がやろう」ルークはすぐに言い、アビーと表情豊かな視線を交わし合った。ミセス・ベインブリッジはいつでも小さな息子をかまいたくてしかたがないのだと、二人ともわかっている。

「きっといい週末になるでしょう」アビーは旅行バッグを二つ持ち、家政婦のあとについて家に入った。「ここに来られてうれしいわ。ロンドンは雨だったから」

「ひどいところですね」絨毯《じゅうたん》敷きの廊下を階段へ向かって歩きながら、ミセス・ベインブリッジが憎々しげに言った。「私はいつもジョーと話しているんです。あなたとミスター・モレリ、それにもちろん坊ちゃまも一緒にここへ越してくるべきだと。今やミスター・モレリはインターネットでほとんどの仕事をされているんですから、毎日オフィスへ行く必要もないでしょう」

アビーは笑みを押し隠した。ロンドンにいるときもルークは毎日オフィスへ行ってはいない。結婚以来、大部分の仕事を副社長にまかせるようになり、妻や息子とより多くの時間を過ごしている。

事故から三カ月たち、ルークが杖《つえ》なしで立てるようになるとすぐに二人は結婚した。当初は理学療法や検査がまだ続いていて、彼は定期的に病院に通わなくてはならなかった。

だが、形成外科手術は受けないことに決めていた。顔の傷跡がとてもすてきだとアビーがほめたからだ。その傷のおかげで海賊みたいに見えると彼女は言った。私は小さいころからずっと海賊が大好きだったのだと。

二人はクリスマスと新年をルークの父親と

一緒に過ごし、そのあとロンドンに戻った。アビーは妊娠中から通っていたパディントンの病院で出産することになっていた。

そして、マシューが生まれて一カ月たつと、アビーとルークはハネムーン代わりに三週間の旅行に出かけた。

二人には休暇が必要だとオリヴァー・モレリは主張した。そして、ロンドンで最も評判のいい派遣会社に連絡を取り、赤ん坊の面倒を見てくれるベビーシッターを雇った。

二人が出かけている間、マシューとベビーシッターはルークの父親の家に滞在していた。それ以来、ロンドンの家にもそのベビーシッターに来てもらっている。


だが、彼女はこのコテージには来ない。ときどきは赤ん坊の面倒を見てくれと頼まれないと、ミセス・ベインブリッジが気を悪くするに違いないからだ。

ハネムーンは夢のようだった。三週間のほとんどをハワイで過ごし、ルークはそこで完全な休養を取ることができた。

すばらしい気候で、二人は眠っては愛し合い、泳いでは愛し合い、そして何も理由がなくても愛し合った。本当のところ、楽園を離れて現実世界に戻るのはかなりつらかった。

小さな息子に会えるのはもちろんうれしかったけれど。

そして今、ミセス・ベインブリッジがマシ

ユーの荷物を置いて出ていくと、アビーは心の底から喜びを感じながら自分たち夫婦が使う寝室を見まわした。

　おそらく二人で一緒にこの家を選んだから、どの部屋にも、どんな家具にも、心から愛着を感じるのだろう。ルークが歩けるようになると、二人は競売場やアンティークショップをめぐり、ふさわしい家具をさがした。この家に似合う年代物の家具が欲しかったからだ。

　その結果として選ばれたこの家のテーブルやキャビネットには、二人が旅先で選んだ土産物がかわるがわる並べられる。

　そもそも二人を再会させることになったアシュフォード・セント・ジェームズの開発は、計画どおり進行中だ。アビーのカフェも仲間たちの店もまだ営業している。幸い、アビーは自分に代わって店を切り盛りしてくれる女性を見つけることができた。その女性とはローリーの姉で、姉妹で仲よく店を続けてくれている。

　スーパーマーケットはもうすぐ完成する。そうしたらサウス・ロードの店は取り壊されるが、新しく造られるショッピングモールの中に復活する。

　開発全体が混乱を最小限に抑えるように立案されていた。グレッグ・ヒューズでさえ、ルークは立派な男だとしぶしぶ認めていた。

　でも、〝立派な〟という言葉はルークにふ

さわしくない。アビーは夢見心地でそう思った。彼は私がずっと結婚したかった男性、私がこれまで愛した唯一の男性だ。

そのとき、ルークが息子を抱いて部屋に入ってきて、アビーはほほえんだ。目を覚ましたマシューが父親に向かって何かしゃべっている。アビーもルークも息子の言葉をほとんど理解できないが、マシューは早くも自分の思いどおりに事を運ぶ方法を学びつつあった。

「僕はシャワーを浴びないと」ルークが息子を床に下ろし、にやりとした。「一緒にどうだい?」

「そうね」アビーは少し考えてから言った。

「でも、マシューのお風呂と夕食が先だわ」

「ミセス・ベインブリッジに頼めないのかい?」ルークがアビーの頬に物憂げにキスをしながら説得した。「彼女が仕事をまかされるのをどんなに喜ぶか知っているだろう」

アビーはほほえんだ。「それは彼女だけじゃないわ」そっけなく言い、逃げようとする小さな息子をつかまえた。「この子の世話がすむまで、あなたはジョーのところに行っておしゃべりをしていてもらわないと」

ルークがあきらめたようにため息をついた。

「僕はときどき、ミセス・ダーンリーを一緒に連れてくるべきなんじゃないかと思うことがある」夫がロンドンの家に来てもらっているベビーシッターの名前を口にすると、アビーはたしなめるような目を向けた。

「ここに来て家族水入らずで過ごすというのは、あなたの考えだったたんじゃないの？」当てつけがましく言い、マシューを抱きあげた。そして、隣の子供部屋へ向かいながら続けた。「ここには彼女が一人で使える部屋はないから、食事は毎回一緒になるけれど、それでいいならすぐに電話して――」

だが、その続きはルークにさえぎられた。彼は息子を抱いたアビーに腕を回し、彼女の肩に顔をうずめた。

「やめるんだ」ルークが脅すようにささやくと、マシューが握りしめたピンクの手で父親を押しやった。

「だめ、パパ」息子が知っている数少ない単語の二つを口にすると、アビーはこらえきれずくすりと笑った。

「ほら」彼女は言った。「わかったでしょう。さあ、もう行って、マシューのお風呂が終わるまで別の人に相手をしてもらっていて」

アビーがバスルームのドアを開けると、シャワーが流れていた。マシューはすでに子供部屋のベビーベッドでぐっすり眠っている。アビーは服を脱いで下着姿になると、こっそりドアに近づいて中をのぞいた。

ルークがすぐに気づき、ハスキーな声で言った。「おいで。ずっと待っていたんだ」

「全部脱いでくるわ」アビーは言ったが、ルークが手を伸ばし、湯気の立ちこめるバスルームに彼女を引っぱりこんだ。

「僕にまかせてくれ」彼は低い声で言い、アビーに背を向けさせてブラジャーのホックをはずした。ブラジャーが床に落ちると、彼女の胸からレースのショーツまで手をすべらせていった。「ああ、もう僕のために準備ができているんだね」アビーの脚の間に手を差し入れる。「ショーツが湿っている」

「シャワーのせいよ」アビーが息を切らしながら反論すると、ルークはかぶりを振った。

彼の指がレースの下に入りこみ、脈打つ欲望の中心をさぐり当てた。「ほら、こんなに熱くなっている」

ルークはしばらくアビーの背中に体を押しつけていたが、やがて耐えがたくなると、すばやく彼女のショーツを取り去った。

「ああ、君が欲しい」ルークはアビーを自分のほうに向かせ、背中をガラスの壁にそっと押しつけた。アビーはルークの興奮を見て取り、彼の胸から腹部へ、さらに下へと両手をすべらせていった。彼がくぐもったうめき声をもらすまで。

「待ってくれ」ルークがうめき、シャワージェルに手を伸ばした。

ルークがてのひらに絞り出したジェルを少しくすねたアビーは、彼の脚の間に手を伸ば自分の体が震えはじめ、それに応えるようにルークの腕に力がこもるのを感じたとき、アビーは名残惜しいような気持ちになった。

もっとこの興奮を長引かせたかったが、ルークの最後のひと突きで、二人は体が粉々になるかと思うほど強烈なクライマックスに屈した。

ルークに床に下ろされたときにもまだアビーは震えていた。しかし、彼はそれで終わりにせず、両手に石鹸《せっけん》をつけて胸とヒップをやさしくマッサージしはじめた。彼女がまたもや期待に身を震わせるまで。

石鹸を洗い流したあと、ルークはアビーを抱きあげて寝室へ運んだ。そして、互いの体を撫《な》でつけると、アビーがジェルを撫でつけると、

した。

「アビー」アビーがジェルを撫でつけると、ルークは苦しげに言った。「自分が何をしているかわかっているのか? 少しは哀れみの気持ちを持ってくれ」

アビーは喉を鳴らして笑った。ルークはもうためらわず、彼女を持ちあげてガラスの壁に押しつけた。そして、二人の体を一つに重ね合わせ、ベルベットのようになめらかなアビーの感触を味わった。

ルークに完全に満たされると、アビーは彼の腰に脚を巻きつけた。欲望はすでに十分高まっていて、さらに奥まで押し入ってきたルークを強く締めつけた。

がまだ濡《ぬ》れているのもかまわずに再び彼女を愛した。初めてベッドをともにしたときと同じくらい激しく、情熱的に。

そのあと、心地よく消耗したアビーがうとうとしていると、ルークはやさしく言った。

「愛しているよ、ミセス・モレリ。君への愛が日ごとに深まっていることを知っておいてほしい」

アビーは腕を伸ばしてルークの首に巻きつけ、唇の端にやさしく自分の唇を押しつけた。

「私もあなたを愛しているわ、ミスター・モレリ」同じ言葉を返すと、少し体を離してルークの目をのぞきこんだ。「ワインバーで出会ったあの夜からずっとあなたを愛していたんだと思う」

「じゃあ、あのとき君を見つけられて本当によかった」ルークはアビーの胸の谷間に顔をうずめた。「君が別の誰かと結婚していたかもしれないなんて考えたくもない」

「そんなことはありえないわ」アビーがあふれる思いをこめて言うと、ルークは満足げにため息をついた。

「そうだな、僕は君が愛人になるかもしれないと思うくらい愚かだったが」彼はそっとささやいた。「君は最初から僕の妻になる運命だったんだ」

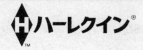

ハーレクイン・ロマンス　2017年1月刊（R-3217）

愛という名の足枷

2025年5月5日発行

著　　者	アン・メイザー
訳　　者	深山　咲（みやま　さく）
発 行 人	鈴木幸辰
発 行 所	株式会社ハーパーコリンズ・ジャパン 東京都千代田区大手町 1-5-1 電話 04-2951-2000（注文） 0570-008091（読者ｻｰﾋﾞｽ係）
印刷・製本	中央精版印刷株式会社

ISBN978-4-596-72797-8 C0297

◆◆◆◆ ハーレクイン・シリーズ 5月5日刊 発売中

ハーレクイン・ロマンス

愛の激しさを知る

大富豪の完璧な花嫁選び	アビー・グリーン／加納亜依 訳	R-3965
富豪と別れるまでの九カ月 《純潔のシンデレラ》	ジュリア・ジェイムズ／久保奈緒実 訳	R-3966
愛という名の足枷 《伝説の名作選》	アン・メイザー／深山　咲 訳	R-3967
秘書の報われぬ夢 《伝説の名作選》	キム・ローレンス／茅野久枝 訳	R-3968

ハーレクイン・イマージュ

ピュアな思いに満たされる

愛を宿したよるべなき聖母	エイミー・ラッタン／松島なお子 訳	I-2849
結婚代理人 《至福の名作選》	イザベル・ディックス／三好陽子 訳	I-2850

ハーレクイン・マスターピース

世界に愛された作家たち
～永久不滅の銘作コレクション～

伯爵家の呪い 《キャロル・モーティマー・コレクション》	キャロル・モーティマー／水月　遙 訳	MP-117

ハーレクイン・ヒストリカル・スペシャル

華やかなりし時代へ誘う

小さな尼僧とバイキングの恋	ルーシー・モリス／高山　恵 訳	PHS-350
仮面舞踏会は公爵と	ジョアンナ・メイトランド／江田さだえ 訳	PHS-351

ハーレクイン・プレゼンツ作家シリーズ別冊

魅惑のテーマが光る
極上セレクション

捨てられた令嬢 《ハーレクイン・ロマンス・タイムマシン》	エッシー・サマーズ／堺谷ますみ 訳	PB-408

※予告なく発売日・刊行タイトルが変更になる場合がございます。ご了承ください。